KB239589

호랑이를 봤다

호랑이를 봤다

성석제 소설

문학동네

어느 소설가의 시답잖은 이야기

목련 가지의 그늘이 슬며시 발목에 걸쳐진다. 두 해 전 집을 지을 때 조경을 겸한다는 건축업자에게 부탁해서 마당에 심은 것이다. 심고 난 다음해에는 이사 오느라 힘이 들었는지 꽃을 피울 생각을 하지 않았다. 그 다음해에는 북쪽으로 뻗은 제일 높은 가지에 촛불처럼 단 세 송이의 꽃을 매달아 나를 환장하게 만들었다. 올해에는 동서남북 사방에 가지를 뻗치고 잔뜩 촛불을 매달 차비를 하고 있다. 목련, 개나리, 진달래처럼 잎보다 꽃이 먼저 피는 나무는 한 해 전에 다음해에 꽃 피울 수량을 결정한다고 한다. 그만큼의 영양을 흡수하고 여분으로 성장하며 꽃을 피워 번식을 지향한다는 것이다. 이러니 꽃 피는 나무가 있는 곳에서는 글 따위를 쓰고 있을 수가 없다. 폭포 앞에서 오줌발 자랑하기요, 피라미드 안에서 집안 제사 지내는 격이다. 오, 나무여, 목련이여, 나의 존자(尊者)여. 나를 굶기시려는 거룩한 기도여.

이번 여행은 제법 길었던가. 담벽에 대못을 박아서 매달아놓은 우체통에 우편물이 제법 쌓였다. 편지를 꺼내려는데 우체통 뚜껑에 눈이 간다. 기쁜 소식을 전해주십시오. 이런 글자가 인쇄되어 있다. 그 말의 주체가 누구이고 객체가 누구인지 분명치가 않다. 우체통의 상표인가. 그렇지는 않은 것이 아래쪽에 우체국 표시가 있기 때문이다. 우체통의 주인, 곧 집주인이 바라는 바를 써놓은 걸까. 나는 그런 말을 써본 적이 없고 그런 말을 좋아하지도 않는다. 그런 문장이 있는 줄 알았다면 우체통을 달지도 않았을 것이다. 그렇다면 우체통 제조자가 우체부에게 그렇게 하라고 권유하는 것인가. 그렇게 보는 것이 가장 타당할 것이다. 그러나 여기에도 근본적인 문제가 있다. 기쁜 소식이 아닌 편지는 어떻게 하라는 말인가. 법을 어기고 우편물을 버리라는 것인가. 우체통 제조자가 불법행위를 조장하고 있다니, 무슨 음모가 있는 건 아닌가. 그냥 하얗게 비어 있는 것이 마음에 걸려 채워넣은 것뿐입니다. 불법행위의 원인을 제공한 혐의로 사법기관에서 잡아다 족친다면 우체통 제조인은 그렇게 답변할 것이다. 우체통 속에 손이 들어갔다 나오는 여행이 이래서 평소보다 조금

길어졌다.

가방을 마루에 놓고 편지를 뜯어본다. 원고 청탁서가 둘이다. 매수로 따져 330매가량. 그중 하나는 3백 매 정도 되는 중편소설이다. 서너 달 전에 이미 계약금까지 받았는데 원고 마감이 되니까 확인이라도 하려는 듯, 주소를 꼭꼭 눌러써서 청탁서를 보냈다. 그때 받은 돈은 이미 써버린 지 오래다. 돈을 먼저 받으면 돈 쓰느라 바빠 원고에 손을 댈 수가 없다. 그렇다고 원고료를 받지 않으면 사람이 시시해지는 것 같고 책임감이 없어진다. 한 줄도 쓰지 않고 마감을 이틀이나 넘겼으니 어디로 다시 도망가든지 해야겠다.

두번째 청탁서는 낯선 이름의 출판사에서 보낸 것이다. 새로 만들어진 곳인 듯한데 150명쯤의 사람에게 '첫사랑'에 관한 글을 받겠다고 한다. 청탁서 아래에 나와 함께 청탁하는 다른 사람들의 명단을 적어놓았다. 흠, 각계각층에서 잘나가는 사람들의 이름으로 꽉 차 있다. TV 화면을 잘 받는 젊은 국회의원에서 원로 시인까지, 그 중간에 연극·영화·방송·디자인·무용·노래·농업·벤처사업 등등 각 부문의 대표들이 망라되어 있다. 내가 왜 이런 사람들 사이에 끼었는가. 내가 '첫사랑'이 들어가는 제목의 소설을 몇 편 써서 그런 것 같다. 첫사랑 전문 소설가의 대표인 것이다. 가만히 들여다보니 들어갈 계제가 아닌 나 같은 이름이 또 있다. 그중 대표적인 것이 그 출판사의 대표 이름이

다. 여자아이들이 좋아할 만한 낯간지러운 글을 써서 유명해진 사람인데 이젠 아예 자기가 쓰고 자기가 책을 만들어 팔아먹으려고 나선 모양이다. 그의 전문 분야는 어디일까. 여자? 아이? 낯간지러움? 글? 유명? '오늘날의 혼돈을 헤쳐나갈 탁월한 지성, 새로운 시대를 맞아 내일의 한국 지도를 새로 그려나갈 푸르른 감성'을 담은 글을 써달란다. 이런 엄숙한 자리에 미천한 나를 한자리 끼워주시다니. 감격적이지만 나는 놀고 도망다니느라 바쁘다.

경찰서에서는 이번에도 무인카메라로 찍은 사진을 보내왔다. 지난번 여행길에서 찍은 것이다. 이번에 찍힌 건 다음에 날아오겠지. 사진 속의 나는 밖에서 누가 무슨 일을 꾸미는 줄도 모르고 뭐가 그리 좋은지 해죽 웃고 있다. 옆자리에 앉은 사람의 얼굴은 가려놓았는데 그게 누군지 기억이 나지 않는다. 기왕이면 고지서를 보내는 경찰관의 손이 떨릴 정도로 화끈한 글래머였으면 좋겠다.

마지막 편지는 사단법인 '대한민국 대표 명사 인명록 대사전 편찬위원회'라는 곳에서 보낸 것이다. 편지 봉투에 금빛으로 적혀 있는 그 발신처는 한 번도 들어보지 못한 곳이다. 수신자 주소 말미에 적힌 '座下'라는 낯선 명칭이 눈을 끈다. 흔히 '귀하'가 인쇄되어 있는 자리에, 그것도 한자로 큼직하게 인쇄되어 있다. 좌하라는 말은 초등학교 때 어버이날에 집으로 보내는 편지에 아버지의 이름 뒤에 써보고는 거의 30년 만에 처음 보는 경칭이다. 30년 전의 것이라 해도 잊어버릴 수가 없는 것이 나는 그때 효성이 지극한 짝을 위해 '좌하'라는 한자를 수십 번을 연습한 뒤에 봉투에 대신 써주었기 때문이다.

대한민국을 빛내시는 대표 명사 강현수 선생님께.

만물이 생동하는 陽春佳節에 家內 두루 平安하시고 健康과 幸福이 함께하시기를 기원하나이다. (……) 오늘도 변함없이 대한민국의 繁榮과 발전을 위하여 默默히 粉骨碎身 노력하시는 좌하의 노고에 본 위원회 一同은 甚深한 치하와 激勵의 말씀을 드리는 바입니다. 오늘의 대한민국을 만들고 내일의 대한민국의 礎石을 놓는 분이 바로 좌하임을 감히 누구도 否定치 못할 것이옵니다. (……) 대한민국 最古의 碩學들과 정치·경제·社會·文化를 대표하는 권위자들이 참가하여 만들어진 본 위원회는 滿場一致로 좌하를 본 대한민국 代表 名士 인명록 大辭典에 모시고자 하오니 필히 參與하시어 대한민국 대표 명사의 班列에서 좌하가 制外되는 不祥事를 방지해주시기를 부디 바라 마지않습니다. (……) 3개월 이내에 인명록이 出刊될 예정이오니 時限을 銘心하시어 즉시 별첨 用紙의 소개서란을 작성하여 回信하여주시기를 앙망합니다. (……) 자손만대에 물려질 이 인명록을 출간하

는 데 있어서 天文學的인 費用이 들 것으로 豫想되오나 본 위원
회에서 뜻있는 篤志家와 有關團體 등의 協調를 받아 비용의 대
부분을 負擔할 것이며 편집 諸般 실무 비용 가운데 최소한의 비
용을 參與를 희망하시는 대한민국 대표 명사들께서 負擔하시는
것으로 책정하였사오니 아무쪼록 아래에 標示된 계좌번호로 함
께 入金해주시옵고 (……) 다시 한번 좌하의 浩浩蕩蕩한 앞날에
無窮한 發電과 행복이 함께하시기를 바라나이다.

쌍팔년도에나 통했을 사업이었다. 십여 년 전 돌아가신 아버
지가 같은 내용의 편지를 받고 심각하게 의논을 해온 적이 있어
잘 알고 있었다. 실무 비용 명목으로 돈을 받아먹고는 펠리컨처
럼 날아버리는 수법을 쓰기도 하고 똥종이에 마스터로 인쇄를
하고 시커먼 표지에 금박만 큼직하게 박아서 책값을 따로 우려
내기도 했다. 족보 좋아하고 내세우기 좋아하고 양반 의식이 일
정 수준은 되며 정치적 성향이 높은 이 땅의 사내라면 누구나 잠
재 고객이 될 수 있는 훌륭한 사업이었다. 그러나 아무리 좋은
사업이라 해도 누가 먼저 해서 말아먹을 대로 말아먹은 것이라
면 지금 와서는 장사가 되지 않는다. 바로 소설이 그렇지 않은
가. 나는 사단법인 대한민국 대표 명사 인명록 편찬위원회의 시
대착오에 경의를 표하고 한자를 무원칙하고 오류투성이로 병용
한 이유가 작성자 개인의 취향과 무식, 과시욕에 따른 것임을 알

아내기 위해 한 번을 더 읽은 뒤 편지를 쓰레기통에 집어던졌다.

　전국을 한 바퀴 돌아온 끝이라 몹시 피곤했다. 손발을 대충 씻자마자 곧바로 소파에서 잠에 떨어졌다. 서너 시간을 잤을까. 전화벨이 울렸다. 언제 전원을 연결했는지 자동응답기가 돌아가기 시작했다.

　"강현수입니다. 지금은 전화를 받을 수가 없습니다. 원고를 청탁하시려면 편지로 보내주시고 다른 용건이 있으시면 메시지를 남겨주십시오."

　삐, 하는 소리가 짧게 울리고 나자 수수깡처럼 억센 억양의 사내가 소리를 치기 시작했다.

　"아이, 씨펄, 돌겠네. 야, 임마. 집에 있는 줄 다 알어. 전화 안 받을래. 지금 때가 어느 땐데 대낮부터 자빠져서 자고 있는 거야. 새끼, 백수가 팔자는 좋구나, 야. 뭐, 지금 없어서 전화를 받을 수 없어? 꼴값 떨고 있네. 나 지금 바로 네 집 앞에 있는데 셋 셀 동안에 전화 안 받으면 형님이 집으로 쳐들어간다. 하나, 둘, 셋……"

　나는 더듬거리면서 안경을 찾아 썼고 잠에서 덜 깬 근육을 달래가며 수화기를 들었다.

　"또 뭐야?"

시답잖은 소설가의 이어지는 이야기

이용원은 나와 같은 국민학교를 졸업했다. 국민학교, 요즘 말로 초등학교 4학년에 짝이 된 이후 최소한 한 해에 한 번 이상은 만나면서 같은 행성 위에서 같은 대기를 호흡하고 살아왔으니 친구라고 한다면 거의 30년 친구다.

"새끼, 살아 있었구나. 난 또 굶어 죽은 줄 알았지. 삽 들고 송장 치우러 갈까 했다."

"안 그래도 굶어 죽을 판이다. 허파 뒤집지 말어. 염병할 놈아."

"여기 충무로에 새로 장만한 사무실인데, 너 지금 당장 눈곱 떼고 형님 앞으로 기어 나와. 이번에 정말 확실한 아이템을 시작했다."

"또 무슨 사기를 치려고 그래?"

"야, 이번에는 정말 장난이 아냐. 지금 전국적으로 열화와 같은 성원이 답지하고 있다. 나도 놀랬어. 대한민국의 성인 남녀 모두가 내 고객이란 말이다. 최소한 2천만 명을 상대해야 하는데 내 몸은 하나지, 애들이라고 해야 제대로 하는 놈이 있나. 나 좀 도와줘라. 네가 한 5백만 명만 맡아줘. 이번 사업이 잘되면 백억 줄게."

"4천만을 상대로 4천억을 벌든, 40억을 상대로 4천조를 벌든

난 모르겠다. 하여튼 열심히 해서 너나 잘 처먹고 잘살아. 나는 굶어 죽기 전에 잠이나 실컷 자둘 테니까."

"글쎄, 그게 아니라니까. 이번엔 정말이야. 야, 힘들면 3백만만 맡아줘. 아니, 백만 명만. 정말 돌겠어. 돌겠다니까."

그는 몇 달 만에, 혹은 몇 년 만에 새로 연락을 할 때는 언제나 새로운 아이템을 들고 나왔다. 달라지지 않는 것은 '돌겠다'는 그 말. 청년 시절 과묵하던 그는 어떤 일을 하다가 참을 수 없을 지경이 되면, 혹은 일이 망가져서 도저히 복구할 수 없게 되면, '돌겠다'고 중얼거리곤 다시 처음부터 일을 시작하곤 했다. 그의 일이 점점 범위가 커지고 그 자신이 분망해지면서 그의 '돌겠네'는 바쁘다, 숨이 차다라는 뜻으로 달라졌다. 그는 지금 다시 돌기 시작한 것이다. 아득한 천체가 돌고 은하가 돌고 우리의 인생이 돌고 팔랑개비, 물레방아가 돌듯이.

물레방아가 있던 마을에 사는 어느 노인의 이야기

나는 이 마을에서 80년을 살았다. 80년 동안 단 하루도 동네 밖에서 외박한 적이 없다. 내 아버지가 그랬고 할아버지가 그랬고 증조가 그랬다. 고조는 90년을 살았다. 내가 어릴 때는 동네 앞 정자나무 곁에 물레방아가 있었다. 물레방아가 돌 때는 산 너머에서도 곡식을 빻으러 왔다. 물레방아는 지금 없어졌지만 우리 동네 이름은 아직 방아실이다. 우리 동네를 명당이라고 한다. 우리 동네가 마주 보는 산은 호랑이가 누워 있는 형상이다. 그 등성이에 묘를 쓴 사람의 후손 중에 손장군이라는 사람이 있었다. 진짜 장군 벼슬을 지낸 건 아니다. 장군감이라서 장군이라고 부른 것이다. 하루는 손장군이 산 너머 사는 처자가 보고 싶어져서 산을 넘었다. 가는 도중에 갑자기 똥이 마려워졌다. 옷을 가지에 걸쳐놓고 똥을 누는데 무슨 짐승이 꼬리를 치면서 장난을 걸어오는 것이었다. 손장군은 그 꼬리를 확 잡아챘다. 그런데 그 짐승이 엄청나게 무겁고 힘이 세었다. 손장군은 그때 나막신을 신고 있었는데 앉은 채로 힘을 쓰니 나막신이 땅속으로 푹 들어갈 정도였다. 손장군은 그 짐승을 어깨에 걸치고 산을 내려가서 마을 사람들에게 이렇게 말했다. 내가 오다가 개를 한 마리 잡아서 나무 위에 걸쳐놓았으니 가서 벗겨 먹으시오. 동네 사람들이 가보니 그건 산의 임금인 호랑이였다. 지금 손장군의 후손들은 전부 밖으로 나가고 종손만 집을 지키고 있다. 이 마을에서 나서 한 번 떠난 사람들은 돌아오지 못하고 객사한다. 객사한 사람을 모셔다가 억지로 묘를 쓰면 그 후손이 해를 입는다. 지금도 마을 안으로 성묘를 못 오고 산 너머에서 절만 하고 가는 후손들이 있다.

아무도 쫓아오지 않는데 저 혼자 쫓겨 다닌 청년의 이야기

스물한 살인가에 나는 고향 쪽으로 튀었다. 버스가 고장 나서 걸어가다가 산을 두 개 넘어간 동네에 물레방아가 있었다. 그때까지도 물레방아가 돌고 있다면 오지 중의 오지였다. 나는 그곳에 숨어 살리라 작정했다. 천지는 봄이었다. 그냥 봄이 아니라 1980년 민주화의 봄이었다. 며칠째 학교에서 새우잠을 자고 있는데 계엄령이 떨어지고 집으로 형사가 찾아왔다는 말을 듣고는 그길로 도망을 친 것이다. 우연히도 그 마을에는 초등학교 동창이 살고 있었다. 그래서 물레방앗간에서 동네 처녀나 만나면서 살아볼까 했던 내 꿈은 사라졌다. 나는 친구의 집에서 석 달을 빌붙어서 살았다. 그의 아버지는 무슨 장군 집안의 종손이라고 했다. 장군 집안의 종손치고 물려받은 것이라곤 보통 사람은 오를 생각도 하지 못하게 앙칼진 산꼭대기에 있는 산소 몇 개밖에 없었는데, 딸을 내리 여섯을 낳고 그 밑으로 아들 셋을 낳아 자식의 머릿수만은 누구 부러워하지 않아도 되었다. 그게 다 조상인 장군의 산소를 잘 쓴 덕이라고도 하고 호랑이 모양으로 생긴 산에서 호랑이를 잡아먹은 사람의 후손이라 호랑이가 복수하느라 찢어지게 가난한 집안에 자식만 잔뜩 던져놓은 것이라고 하기도 했다. 호랑이는 한 번에 새끼를 둘에서 네 마리를 낳는다. 세 마리가 되면 그중 한 마리는 버리는데 커서 잡아먹고 살 짐승이 많지 않아서 그런다고 한다. 아홉이나 낳으면 하나 둘 셋까지는 몰라도 나머지 자식은 다 버려야 한다. 그렇다면 그 장군에게 죽은 호랑이는 새끼깨나 버려본 암호랑이였는지도 모르겠다. 호랑이야 어떻든 내 친구의 집은 한때 최고 열 명의 식구가 어떻게 살았을까 싶을 정도로 작고 좁아터졌다. 방은 단두 칸뿐인데 그나마 하나는 창고를 겸하고 있었다. 다행인지 호랑이의 저주 때문인지는 몰라도 그의 형제자매는 가출을 했든, 출가를 했든 모두 집을 나갔고 남은 사람은 그와 그의 부모뿐이었다. 그의 아버지는 노름에 미치기 전까지는 착실한 농군이었다. 물려받은 것 하나도 없이 그 많은 자식을 낳아 기르며 근 스무 마지기의 논밭을 장만한, 그의 동네에서는 입지전적인 인물이었다. 하지만 자식들이 호랑이 새끼가 자라면 인사도 없이 어미 곁을 떠나는 것처럼 말도 없이 떠나버리자 농사일을 팽개치고 노름에 빠졌다. 그의 아버지는 먹고살기에는 충분하나 돈으로 치면 몇 푼 되지 않는 전답을 들어먹고 나서 집안에 있는 돈이 될 만한 물건은 노름판에 갖다 밀어넣었다. 아버지가 들고 나가지 못한 것은 지붕과 벽, 벽에 박힌 못 정도였다. 내 친구는 그런 아버지를 경멸하고 싫어했다. 우리는 그의 아버지를 욕하며 그의 아버지 집에서 매일 술을 마셨다. 내 친구는 그 마을을 하루빨리 벗어나서 훨훨 자유롭게 사는 게 꿈이었다. 내 꿈은 중요하지 않지만, 굳이 말하란다면 똥 누는 장군 앞에서 꼬리로 장난을 거는 호랑이처럼 되는 것이었다. 나중에 집에 찾아온 게 형사가 아니고 세무서 직원이었다는 게 밝혀지는 바람에 나는 그 도원경을 떠나게 되었다. 집에 와서는 곧 군대를 갔다. 이 이야기 역시 중요하지 않다.

자식이 아홉이나 되는 집안의 장녀가 하는 이야기

내가 괜히 가출을 한 게 아니다. 국민학교를 졸업하고 죽어라고 일만 했다. 중학교는 갈 생각도 하지 못했다. 내가 열여덟 살이 되던 해에 어머니가 또 아이를 낳았다. 이번에는 아들이었다. 아무리 바라던 아들이지만 산신령에게 고맙다고 제사를 지내지 않나, 사흘 내리 잔치를 하지 않나. 애는 어머니가 낳았지만 키운 건 나였다. 나는 네 살 때부터 단 하루도 빠짐없이 애들을 업거나 안고 있었다. 아들을 낳더니 손도 못 대게 했다. 아무리 부모지만 해도 너무했다. 그전에도 인간 취급을 받은 적이 없지만 그땐 그게 그렇게 서러웠다. 그래서 나도 인간이라고 자각을 하게 됐다. 무작정 산을 넘어갔다. 도시로 가는 버스를 탔다. 버스를 그때 처음 타봤다고 한다면 믿을 사람이 얼마나 되겠나. 내가 그랬다. 식모도 하고 공장도 다니고 버스 차장도 했다. 여동생들을 하나씩 불러올렸다. 내가 시집을 가서 애를 낳았는데 어머니가 또 아들을 낳았다는 소리를 듣고는 창피해서 남편한테 말을 할 수도 없었다. 동생들한테도 다시는 가지 말라고 했다. 지금은 다 잘살고 있다. 막내는 나하고 스물다섯 살 차이가 난다. 얼굴도 잘 모르겠는데 찾아와서 재워달라, 용돈 달라 하길래 네 엄마한테 가서 알아보라고 쫓아보낸 적이 있다.

인생에 통달한 어느 노부인의 이야기

이용원? 이발소인지 미용실인지 모르겠지만 우리 집에 붙어 살던 사람이 있긴 했다. 처음 찾아왔을 때는 어리숙하고 말까지 더듬어서 바보인 줄 알았다. 그때 내 아들은 군대에 있었는데 아들 친구라고 하더라. 서울에 있는 무슨 회사에 취직이 됐다면서 갈 곳이 없으니 우리 집에서 다니게 해달라는 것이었다. 그때 우리 집은 방이 많아서 근처 공단에 다니던 사람들 여럿이 자취를 하고 있었다. 처음에는 그 사람들처럼 자취를 하겠다, 월세를 내겠다 하더니 결국 2층에 있는 우리 집 밥상머리에, 내 아들보다 더 자주 앉게 되었다. 내 아들이 하도 팔도 홍길동 짓을 해서 그 사람 집에도 서너 달은 붙어 있었다는 걸 내가 짐작은 했다. 그래서 그만큼은 참아주었다. 그런데 1년 가까이 되도록 집세도 밥값도 내지 않고 물색도 눈치도 없이 붙어 있으니 돈이

문제가 아니라 내가 그 인간 그림자만 봐도 심장이 벌떡거릴 정
도로 질려버렸다. 사대육신은 멀쩡해가지고 가정교육은 어떻게
받았는지. 아들이 제대하고 다섯 달이 지나도록 매일 붙어서 술
타령이고 노래타령이었다. 내 아들은 그때 학교를 마치지도 않
았다. 그 사람은, 이용원이라고 했나, 이발소라고 했나, 남편을
시켜서 간신히 내보냈다. 우리를 부모님으로 모시고 평생을 살
고 싶다고 울고불고하는 게 정말 볼 만하더라. 누가 저 같은 아
들 두고 싶다고 했나. 친구도 수준이 맞아야 사귀는 법이다. 안
그러면 둘 다 사람 버린다. 하나는 바람 들고 하나는 수준 낮아
져서. 요즘도 그 얼굴만 떠오르면 심란해진다. 하여간 그 넉살은
국가대표 시켜도 될 거다. 돈을 많이 번다니 천덕꾸러기는 면했
는지.

대안이 없던 어느 부인의 이야기

남편이 직장을 그만두겠다고 했을 때 나는 도대체 무슨 생각
으로 그러느냐고 물었다. 남편은 나와 결혼하기 전에 카세트테
이프 만드는 공장에 다녔다. 나는 그때 권투협회 산하기관에서
사무직으로 일하고 있었다. 그 사람은 말도 못하게 나를 따라다
녔다. 나한테는 오빠 같은 협회 사람들한테 맞기도 많이 맞았다.

더 맞으면 죽겠다 싶어서 결혼을 했다. 제일 많이 때린 사람의 아버지가 협회 이사였다. 그분이 주례를 맡아주셨는데 결혼 선물로 신랑을 자신의 친구가 경영하는 개인 회사에 취직을 시켜줬다. 그 회사는 국내 굴지의 대기업의 위장계열사였다. 시골 농고 졸업이 최종 학력인 사람이 대도시에서 취직할 수 있는 회사 가운데 가장 좋은 회사였다. 사장은 그 대기업 회장의 사촌 동서로 대기업에서 취급할 수 없는 농산품을 지방을 돌면서 수집해서 모기업에 납품했다. 남편도 감자나 고구마 같은 걸 찾아서 전국을 스무 바퀴 이상 돌고 난 뒤에 내근으로 돌았다. 남편은 그곳에서 온갖 일을 다 했다. 그중에는 사장이 숨겨둔 여자를 만나러 가던 중에 동네 세탁소에 맡겨둔 양복을 찾아오는 일에서 정기적으로 모기업 회장 부인에게 갖다바치는 돈을 배달하는 일도 포함되어 있었다. 그런데 둘째가 태어나자 병원에 와서 한다는 말이 대뜸 회사를 그만두겠다는 것이었고 삼칠이 이십일 일, 칠칠이 사십구 일이 지나기까지 하루도 빠짐없이 그 말을 되풀이했다. 나도 직장 생활을 해봤지만 더럽다면 만사가 더럽고 신경 쓰지 않으면 무엇이든 할 수 있는 게 직장 일이다. 아기를 낳은 사람 앞에서 직장을 그만두겠다는 말이 나오는 사람이 정상인가. 나는 그 말이 나올 때마다 일절 대응을 하지 않았다. 그렇지만 백일잔치가 끝나고 직장 동료들이 돌아간 다음 상을 치우면서 그런 말을 꺼냈을 때는 순간적으로 대꾸를 하고 말았다.

"도대체 무슨 대책이 있다고 입만 열면 그만두겠다고 그래요. 아까 술상머리에서 회사의 발전 어쩌고저쩌고 건배하자던 사람이 당신 아니었어요? 제 자식 백일잔치에 회사 발전이 뭐예요. 그렇게 충성을 맹세하고서 그만두다니 당신이 제정신이야?"

남편은 내 눈을 빤히 들여다보면서 반문했다.

"그럼 대안이 있어? 내가 회사 그만두지 않고 다닐 대안이 있느냐, 이 말이야. 대안을 내놔봐. 돌아버리겠네, 정말."

팔도 홍길동 이야기

그 친구가 회사를 그만두었을 때 한창 증시가 활황이었다. 개인 회사지만 6, 7년을 착실하게 근무한데다 뭔가 구린 데를 알고 있었는지 퇴직금으로 천만 원 이상의 돈을 받은 것 같았다. 그는 그 돈을 몽땅 주식에 때려박았고 하루에도 수십만 원씩 불어나는 자산을 확인하러 매일 증권사 객장에 나가서 앉아 있곤 했다. 어림짐작으로도 두 달 사이에 그 돈이 세 곱은 됐을 것이다. 그때 나는 대학은 졸업했지만 취직이 되지 않았다. 그래서 집에서 눈칫밥을 먹던 참이었다. 이런 이야기는 중요한 게 아닐 거다. 그에게서 연락이 와서 만난 장소가 증권사 객장이었다. 그는 말쑥한 양복 차림에 배춧속같이 깨끗한 얼굴을 하고 있었다.

잠바나 걸치고 다니는 허름한 차림의 중년 투자자 사이에 있는데 꼭 증권사 직원 같았다. 그는 한국 증시가 이제야 비로소 시장으로서의 기능을 하게 됐다는 둥, 기업들이 증시에서 손쉽게 자본 조달을 해서 안정성과 성장성을 확보하게 됐다는 둥 하면서 제가 무슨 경제 부처 장관이라도 되는 듯이 말했다. 나는 그 친구 덕에 처음으로 요정이며 룸살롱이라는 데를 가봤다. 요정이고 룸살롱이고 간에 잠바 차림의 중년 사내들이 득시글거렸는데 모두들 매일 가는 곳이 비슷한 것 같았다. 거기서 그는 최근 구상한 사업에 대해 이야기를 꺼냈고 나와 동업을 하자고 제안했다. 듣고 보니 동업이 아니라 동업의 동업의 조역이었지만. 그 사업이 너무 아이템이 확실하기 때문에 그만큼 하려고 하는 사람이 많다는 게 이유였다. 그의 동업자는 외판 영업에서 꽤나 성공한 사람이라고 했는데 그가 생산한 제품의 외판 영업을 책임지기로 되어 있었다. 나로서는 거절할 이유가 없는 제안이었다. 다음날 무슨 전무라는 직함을 가진 사람을 만났는데 첫눈에도 전형적인 사기꾼이었다. 그 두 사람이 생산 판매하는 제품은 또다른 동업자, 곧 아이템을 제안한 사람에게 일정액의 로열티를 지불하게 되어 있었다. 아이템, 로열티 같은 말은 내가 붙여준 말인데 그때마다 그는 내 어깨를 치면서 배운 네가 뭐가 달라도 다르다고 감동하곤 했다. 아이템을 제공하고 로열티를 가져가는 그 동업자는 한 번도 직접 만난 적은 없지만 언론에 자주 오르내리는 유명 인사였다. 그는 식품공학 박사라는 타이틀을 걸고 신문 하단의 광고면에 하루가 멀다 하고 등장했다. 나중에 알게 되었지만 그 역시 사기꾼이었다. 그때만 해도 아무개 박사하면 식품공학 분야의 세계적인 권위자로 알려져 있었으니 그런 사람을 동업자로 잡았다면 성공은 따놓은 당상이나 다름없는 것처럼 여겨졌다. 역시 나중에 알게 되었지만 그 박사는 그런 식으로 어리숙한 업자를 끌어들여 로열티를 받는, 그 분야의 박사였다. 하여간 나는 내 또래의 월급쟁이들이 받는 것보다 훨씬 후한 급여와 실제 판매에 들어가서 남는 순익 가운데 일부를 받는 조건으로, 그의 조수 역을 맡게 됐다. 순서는 이랬다. 박사는 집에 마누라도 못 보게 하는 케케묵은 책이 있다. 박사가 젊은 시절 일본에서 공부할 때 보던 책이다. 그 책하고 최근의 일본 잡지를 뒤져서 일본 식품학계의 정평 있는 이론을 들고 나온다. 왜 자꾸 일본 것만 보느냐 하면 일본말밖에는 아는 게 없기 때문이다. 일본말밖에 아는 게 없다는 걸 어떻게 알았느냐. 그 사람이 쓴 글에 나오는 외래어를 보면 전부 다 일본식 발음이다. 문장도 되다 말다 하는 일본식이다. 하여간 그렇게 해서 메모지에 적어온 아이템을 가지고 그는 제품을 생산하게 된다. 이처럼 그가 맡은 일은 아주 쉽다. 전무는 자신의 영업망을 동원해서 제품을 판매한다. 이것 역시 쉬운 일이다. 평생을 그것만 해왔으니까. 박사는 광고와 관련 강연, 행사에 무료 출연한다.

박사가 하는 일은 이렇게 많다. 전무는 만들기만 하면 전 국토를 우리의 제품으로 뒤덮는 게 시간문제라고 했다. 박사나 전무가 모두 그 분야에서 수십 년을 굴러먹은 베테랑인데 내 친구는 그런 분야에 한 번도 종사해본 적이 없는데다 세상 물정도 모르는 어린아이나 다름없었다. 나는 그런 친구를 도와서 일이 되도록 해야 했다. 그 친구가 어떻게 자신과 수준이 전혀 맞지 않는 사람들과 만나고 동업까지 하게 됐을까. 언젠가 한번 그는 자신이 유명하고 부유한 사람들의 뒤를 닦아주는 데는 전국 최고 수준이라고 말한 적이 있다. 그런 재능이 두 사람의 마음에 들었다는 것이다. 자신이 한 몸을 바쳐 이 사회의 거물들을 유기적으로 연결하는 접착제가 되어 전문 분야에서 최고의 권위를 가진 사람들이 협력을 하게 되었다는 것이다.

어느 경리사원이 타자기로 정서한 로열티 수입 전문 박사의 추천사

아직도 뱀사탕과 물개를 찾으십니까? 불끈 솟는 힘 있는 남성, 스테미너 넘치는 사나이의 세계! 콘드로이틴의 신비한 마력!

민물 장어, 청국장, 끓인 생선 국물, 닭고기 수프, 버섯의 끈끈하고 미끄러운 성분, 이것이 바로 황산콘드로이틴이라는 물질이

다. 이 성분은 동물, 식물 가리지 않고 존재하는데 공통점은 자양강장 효과가 으뜸이라는 것이다. 그뿐만 아니라 성인병과 노화의 예방과 치료에 탁월한 효과가 있다는 것이 새롭게 발견되어 학계의 비상한 주목을 받고 있다. 체내에 소화 흡수된 영양분은 혈액에 의해서 몸 구석구석으로 운반되지만 운반된 영양분이 남아돌면 어딘가에 저장되어야 하는데 그 영양분 저장소가 세포와 세포, 장기와 세포, 조직과 기관을 연결하는 결합 조직이다. 결합 조직은 콜라겐과 엘라스틴 섬유 및 끈끈한 물질로 이루어져 있는데 영양분과 수분을 듬뿍 비축하는 창고라고 할 만하다. 하지만 이 물질은 나이가 들면서 점점 줄어들고 비축 능력도 떨어져 보충해주지 않으면 안 된다. 예전부터 이 물질이 자양강장에 효과가 있다고 알려져온 것은 옛날 사람들이 경험적으로 이 물질이 영양의 보고라는 것을 알고 있었기 때문이다. 콘드로이틴은 요통, 어깨 결림, 노안, 갱년기 장애 같은 노화 증상을 예방하고 치료한다. 또 혈액 속의 탄성 섬유의 붕괴를 억제하고 지질을 감소시켜 성인병의 원인이 되는 동맥경화를 예방하고 치료한다. 특히 콘드로이틴은 유황의 대사를 개선해서 간의 장애에 탁효가 있으며 해독 작용이 대단히 뛰어나다. 류머티즘 증상 질환은 결합 조직의 콘드로이틴의 대사 이상으로 나타나므로 콘드로이틴을 섭취함으로써 증상이 개선된다. 특이하게도 예전에는 치료가 불가능한 것으로 여겨져왔던 와우관 장애 같은 난청을 치료하는 데 탁월한 효과가 있다. 또한 요단백, 원주세포, 적혈구 수를 감소시켜 신장염을 비롯한 신장 질환을 억제한다. 피부 질환이나 개복 수술 후의 유착에도 유효하다. 장기간 투여해도 부작용이나 습관성이 전혀 없다. 이외에도 야뇨증, 편두통, 각막염, 원형탈모, 피로 회복 등에도 확실한 효과가 나타나 그 우수성이 학계에 입증된 바 있다. 이 물질이 많이 들어 있는 식품은 식물성으로 참마, 버섯, 다시마, 순나물, 오크라가 있고 동물성에는 상어 지느러미, 자라, 오리 껍질, 애저 통구이, 생선 졸인 국물, 생선 눈깔, 장어구이, 닭 뼈 수프에 많다. 자라, 미꾸라지, 아귀, 참마, 넙치, 가자미 등은 새삼 설명할 필요도 없는 예부터의 정력 식품이다. 게와 새우의 등딱지에 많은 키틴도 알고 보면 넓은 의미에서 끈적끈적한 물질에 들어가는 것으로 보수성(保水性)이 특징이다. 이 끈적끈적한 물질을 먹음으로써 결합 조직의 노화를 방지하는 것이 성인 이후의 식생활의 지혜로써 필요하다고 생각되어 적극적으로 추천하는 바이다.

— 고개 숙인 남성, 술 담배에 찌든 중년의 활력을 위하여
— 쉽게 피곤하고 만사 의욕이 떨어지는 분
— 과중한 공부로 스트레스를 받는 수험생
— 병후 회복기의 환자
— 기력이 떨어진 노인

— 아라비안나이트의 황홀한 밤을 가꾸었던 신비한 물질
— 왜, 동양의 왕후장상들은 남모르게 혼자만 콘드로이틴을
먹었나

1980년대에 출간된 사전에 들어 있는 황산콘드로이틴의 정의

chondroitin sulfate. 연골의 주성분으로 알려진 N-아세틸갈
락토사민·우론산(글루쿠론산 또는 이두론산)·황산으로 이루어
지는 다당류. 피부·탯줄·육아(肉芽) 등 각종 결합 조직에도 함
유되어 있다. 돼지 코의 연골 건조 중량의 약 40퍼센트는 황산
콘드로이틴이다. 우론산의 종류와 황산기의 결합 위치에 따라
A, B, C, D, E 등의 형으로 나누어진다. 황산콘드로이틴 A, B,
C의 구조는 반복 단위가 백 개 정도 결합한 것으로 생각되어왔
으나, 최근에 반복 단위와 다른 구조도 몇 개 들어 있는 것이 발
견되었다. 조직 속에서는 콘드로뮤코 단백질의 형태로 존재하며
한 개의 단백질 사슬에 수십 개의 황산콘드로이틴 사슬이 결합
되어 있다. 주로 연골의 화골화 현상과의 관련 등이 주목되는데,
생체 내에서의 기능은 거의 알려져 있지 않다.

어느 콘드로이틴 전문가의 이야기

나는 콘드로이틴에 관한 너덧 매의 문안을 만들어내느라 네 달을 보냈다. 실제로 박사가 말해준 것은 '콘드로이찡'이라는 말 한마디뿐이었기 때문에 도서관이며 서점을 찾아다니느라 고생을 좀 했다. 그사이에 그는 사무실을 열고 사원을 채용하고 집기를 들여놓았다. 그리고 문제의 콘드로이틴을 어떤 방식으로 생산하고 포장하며 광고할 것인가를 연구해야 했다. 그러나 그는 그렇게 하지 않았다. 콘드로이틴은 자라에도 있고 녹용에도 있고 장어에도, 다시마에도, 달팽이에도 들어 있었다. 어느 것에서 콘드로이틴을 추출할 것인가. 가령 다시마나 굴에 들어 있는 콘드로이틴을 강조한다면 현재 한창 광고를 하고 판매하는 달팽이와 녹용, 장어와 어떻게 경쟁할 것인가. 그는 그런 생각으로 머리가 벌어지도록 생각을 하고 판단하고 결정지어야 했다. 그러나 그는 그럴 생각이 없었다. 그는 하나뿐인 여직원의 외모, 월급, 손톱을 뜯는 버릇, 화장실 변기가 새는 문제, 난로의 크기, 창문 블라인드의 색깔 따위의 문제로 하루를 보냈고 어떤 문제에는 이틀을 할애했다. 어떤 방식으로 가공할 것인가. 예를 들면 드링크로 할 것인가, 분말로 할 것인가, 팩으로 할 것인가, 다른 성분과 혼합할 것인가. 한다면 인삼, 영지, 음양곽, 오가피, 구기자, 복령, 산약, 천마 같은 한약재를 쓸 것인가. 아니면 우황, 로

30

열젤리같이 일반에게 인지도가 높은 재료를 첨가할 것인가. 다른 드링크처럼 디엘염산카르니틴, 염산치아민, 염산피리독신, 시아노코발라민, 니코틴산아미드, 판토텐산나트륨, 무수카페인과 섞어서 액체로 만들 것인가. 그는 그런 분야를 연구해야 했다. 그는 그런 연구를 하지 않았다. 자양강장을 초점으로 할 것인가, 허약체질 보완을 포인트로 할 것인가, 산후 회복기의 부인을 타깃으로 할 것인가도 결정하지 않았다. 그때 그는 왜 자꾸 자기 돈만 깨지느냐며 화를 내느라 일주일을 보냈다. 내 월급, 여직원 월급, 사무실 운영비, 식대, 교통비 같은 소소한 금액은 물론이고 제품을 만드는 것도, 광고를 내는 것도, 책자의 제작비며 포장비를 내는 것도 그였다. 한마디로 그는 돈을 대는 물주였다. 다른 두 동업자는 땡전 한 푼 내놓지 않고 말로, 권위와 유명함으로 때웠다. 그는 처음에는 그 돈을 증시에서 조달한 돈으로 메꾸었다. 그러나 일이 진행되면서 주식시장이 폭락하자 그는 나를 포함한 모든 동업자들을 의심하기 시작했다. 의심하고 곁눈질하고 탐색하느라 두 달을 보냈다. 내가 박사의 정체에 관해 알려준 것도 그의 의심을 부채질했다. 나 역시 간단한 문안만 작성하고 나머지 시간은 놀고먹었기 때문에 그의 관심을 나에게서 돌리기 위해서 쉴 새 없이 다른 동업자들을 헐뜯어야 했다. 결국 그는 두 동업자가 성공했을 경우에 가져갈 몫이 너무 많다고 결정했고 두 사람과 만나 담판을 지으려고 했다. 담판을 하러 갔다온 다음, 그는 두 사람과는 완전히 결별하게 되었음을 알려주었다. 나는 간이 철렁, 하고 내려앉는 소리를 들었다. 그 사람들이 공짜로 도와주어도 될까 말까 한데 아예 떼버렸으니 일이 될 리가 만무였다. 그는 그때부터 외판 영업에 관해 배우고 식품영양학의 흐름에 관해 공부하고 비타민, 균식, 소식, 미식, 미네랄, 숯, 다시마, 불포화지방산, 칼로리, 단백질, 활성산소, 식물섬유, 클로렐라, 비피더스 인자, 식초에 대해 한꺼번에 알려고 들었다. 그는 자기가 아니면 이 엄청난 프로젝트가 성립할 수 없다, 두 사기꾼은 땅을 치면서 후회할 것이라고 했다. 그걸 자신에게 확신시키기 위해 수십 일 동안 하루도 빠지지 않고 나와 술판을 벌였고 웅변을 토했다. 한편으로 그는 최악의 상황에 대해서도 대비를 했다. 쫄딱 망하면 탄광으로 갈지, 원양어선을 탈지도 미리 정해두어야 했다. 탄광의 실정, 노동 강도, 숙식 문제도 토론의 대상이 됐다. 원양어업의 전망, 선원의 국제법적 위치, 기항지들의 경기도 얘깃거리가 되었다. 나는 그가 그런 일로 정신이 없는 사이에 조용히 내 신변을 정리했다. 마침 그 무렵에 어느 대기업의 위장계열사에 취직이 되었다. 그때 그와 만났던 다섯 달 동안 가장 성공적이었던 것은 그와 별 탈 없이 헤어진 것이었다. 나중에 그는 무슨 전무의 허풍에서 배운 대로 사람을 모아들였고 인지도에서는 무슨 박사보다 못하지만 광고 출연료는 제법 높은 무슨 박사의 보증서를 급히 받았던 것 같다. 그는 또 자신보다 어리고 돈이 있는 젊은 동업자를 끌어들여 영업을 시작했다. 아니, 시작하려는 단계에서 나자빠졌는지도 모른다. 그는 최후의 수단으로 동업자를 속여서 본전이라도 건지려고 했다. 그러나 그 동업자는 그보다 훨씬 영리하고 끈질겼다. 결국 그는 몸만 빠져나올 수밖에 없었다. 그리고 첫번째 부도를 내고 어디론가 도망갔다. 그때 내가 작성한 문안은 달팽이, 녹용, 다시마, 장어, 버섯 등등의 광고에 계속 인용이 되면서 돌고 돌았다. 어떤 때는 다시마가, 어떤 때는 녹용이, 어떤 때는 자라, 달팽이, 장어 진액이 돌아가면서 인기를 끌었다. 그런 광고를 볼 때마다 나는 가슴이 뜨끔거렸다.

부도난 남편 덕에 부도를 면한 부인의 이야기

남편이 10년 가까이 잘 다니던 멀쩡한 회사를 그만두고 퇴직금이라면서 내게 갖다준 돈은 고작 3백만 원이었다. 그걸로 사업이 본궤도에 오를 때까지 1년을 살라는 것이었다. 내가 돈을 벌 테니 당신이 그 돈으로 1년 아니라 석 달만 살림을 꾸려보라고 했다. 그랬더니 백지 다섯 장에 빽빽하게 쌀값, 부식비, 우윳값, 전기료, 전화료 같은 생활비 항목을 적어와서 이대로만 하면 되지 않느냐고 윽박질렀다. 그러면서 쌀은 시골에서 오고 있으니 쌀값은 비상금으로 남겨두었다가 혹시 병원에 갈 일이 있으면 쓰라고 인심을 쓰는 척하는 것이었다. 기가 막혀서 말이 나오지 않았다. 남자가 밖에서 일을 하려면 자금이 필요하다는 말은 이해한다. 집에서 쥐가 병아리 살 뜯어가듯 자금을 가져가버리면 시작하기도 어렵다는 말도 이해한다. 그렇지만 생활은 할 수 있게 해줘야 하는 게 아니냐. 다행인지 불행인지 남편은 사업을 시작해서 여섯 달 만에 부도를 냈다. 그래서 나는 3백만 원으로 여섯 달만 살림을 꾸려도 되었다. 남편이 부도를 내던 날, 시장에 갔다 오니 남편이 대낮부터 술을 마시고 들어와서 자는 아이를 들여다보며 울고 있었다. 아니, 사업이 망한 거지 사람이 망한 거예요? 도대체 왜 그래요, 당신. 당신이 그러면 우리는 어떻게 살란 말이에요. 남편은 울먹이며 무섭다고 말했다. 뭐가요, 도대체 뭐가 무서워요. 이렇게 평화롭게 자고 있는 우리 애기가 무섭다니요. 남편은 다시 말했다. 아가야, 미안하다. 나는 네 우웃값이 무섭단다. 나는 소리를 질렀다. 여보, 내가 책임질게. 내가 책임질 테니 당신은 자유롭게 무엇이든 해봐요. 이제 잃을 건 아무것도 없잖아. 잃을 게 없다는 거, 이것보다 더한 행복이 어디 있어. 우리는 그날 껴안고 밤새도록 울었다. 다음날 남편은 탄광으로 간다고 집을 나갔다.

아홉 남매 자식 농사를 지은 어느 아버지의 이야기

자식 농사라고 남부럽지 않게 잘 지어놓았더니 맨 허탕, 똥탕이다. 맏딸은 스무 살도 되기 전에 가출해서 이제까지 한 번도 온 적이 없다. 둘째는 맏이가 불러서 올라가고 셋째, 넷째는 둘이서 계속 불러올려서 공장에 취직을 시켰다 어쨌다 하는데 다른 애들은 언제 집을 나가서 어떻게 사는지도 잘 모른다. 내가 사실 딸들 교육은 많이 못 시켰다. 또 마누라 말하는 대로 한때 노름에 빠진 것도 사실이지만, 평생 살면서 실수 한 번 안 하는 사람 있느냐. 난 계집질 안 하고 술 안 먹고 담배도 안 한다. 못 먹고 못 한다. 그렇게 살다보면 자연 한 번은 크게 휘청할 때가 있는데 마누라고 자식들이고 너무 이해를 안 해준다. 다 자기들한테 어떻게 해주기를 바라지 내가 어떤지에 관해서는 전혀 신경을 안 쓴다. 이것이 이기주의가 아니고 뭐냐. 하여간 막내가 제일 효자다. 직장 생활할 때 매달 얼마씩 사실 얼마 안 되는 돈이지만, 담배 사 피우고 술 먹으라고 보내줬다. 며느리나 제 어미도 모르게. 그래서 내가 동네에서 소작까지 해가지고 농사를 지어서 먹으라고 쌀을 올려보내줬던 거 아니냐. 그 애가 쫄딱 망해서 피신을 왔을 때 내 앞으로 되어 있던 거 뭐냐, 문전의 옥답은 없었다만 대문에서 훤하게 올려다보이는 산꼭대기 조상 산소가 있는 땅을 내줬다. 남 눈에는 아무것도 못할 악산으로 보일지는 몰라도 우리 집안의 선조이신 장군님 산소가 거기 있다. 한 귀퉁이는 내가 묻힐 땅이다. 그거 국유지라고 하는 사람도 있는데 엄연히 사유지다. 장군님 생전에 넘어다니던 길하고 누워 계신 곳 일대가 우리 땅이다. 왜 아니겠느냐. 고을 현감들이 갈릴 때마다 장군님한테 인사를 왔는데. 문서는 없어도 세상이 다 안다. 막내가 내려와서 한 일주일 방 안에 엎드려 있었는데, 그러다가 한 번은 산에 올라갔다 오더니 흑염소를 키워보겠다고 하더라. 그거야 제 맘이지만 나한테는 그 산 말고는 일전 한 푼 보태줄 게 없었다.

흑염소 치는 사람에게 바가지를 쓴 어느 월급쟁이의 이야기

사업을 하다가 말아먹고 토꼈다는 말을 듣고 다시 그를 만난 건 3년 만이었다. 그사이에 그는 몰라보도록 변해 있었다. 얼굴은 새카맣게 그을렸고 사십대처럼 주름살이 졌다. 누더기에 가까운 점퍼, 엉덩이와 무릎 부분이 닳을 대로 닳아서 풍덩해진 양복바지를 입고는 폭이 한강처럼 넓고 길이는 손바닥보다 짧은 넥타이를 맸다. 회사 정문 수위까지 이상한 눈길로 쳐다보았다. 정작 이상한 것은 몸에서 풍기는 역겨운 누린내였다. 그는 그 냄새를 우두머리 숫염소의 냄새라고 했다. 숫염소 가운데 무리를 이끄는 우두머리가 생긴다. 우두머리는 단시간에 나이 든 모든 암놈을 능가하는 뿔과 체구, 위엄을 가지게 되는데 우두머리가 되어서 그러는 건지, 우두머리가 되기 위해 급속하게 자신을 변화시키는 건지 잘 알 수 없다. 산에서 야생으로 자라는 염소들은 보모 역할을 바꾸어가면서 교대로 풀을 뜯는다. 풀을 뜯는 장소는 평평하고 풀이 많은 대신, 맹수의 위험에 노출되기 쉽다. 요즘 세상에 맹수가 어디 있느냐고 묻는다면 염소를 훔쳐가는 도둑놈, 염소를 팔아먹으려는 사람이 바로 그 맹수라고 하겠다. 새끼는 보모의 보호 아래 보기에도 아찔한 벼랑에서 노는데 실제로는 그곳이 맹수로부터 안전한 곳이다. 염소는 다른 새끼에게는 절대로 자기 젖을 주지 않는다. 염소는 1년에 두 번, 한 번에 두세 마리의 새끼를 낳는다. 그러니까 암염소는 일생을 새끼를 기르거나 새끼를 밴 채 산다고 보면 된다. 염소는 생후 서너 달이면 번식을 시작할 수 있다. 수놈은 총각을 면하고 무릎에 굳은살이 생기기 전, 그러니까 백 일을 전후해서 약으로 하기에 가장 적절한 상태가 되는데, 그런 염소를 백일 염소라고 한다. 흑염소는 아무거나 잘 먹고 병이 거의 없으며 험한 산에서도 잘 자란다. 흑염소는 보신탕보다 더 뛰어난 보양 효과가 있고 조리를 잘하면 누린내가 절대 나지 않으므로 여자들도 거부감 없이 먹을 수 있다. 흑염소의 검은색은 오행의 물을 의미하고 물은 곧 신장과 관련이 있으며 신장은 생식기능과 직결된다. 『명심보감』에는 염소 고기가 속을 따뜻하게 하고 심방을 안정시키며 산후병에 특효가 있고 『본초강목』에는 흑염소 고기가 원양(元陽)을 보양하며 허약체질을 낫게 하며 강정보약이 된다고 기록하고 있다. 불행히도 『동의보감』에는 염소에 관해서 아무 말도 하지 않은 것 같다. 바로 이것이 해발 7백 미터의 호장군산 산간 지역에서 직접 사육한 염소를 원료로 하여 녹용, 대추, 당귀, 천궁, 계피, 두충, 감초, 맥아, 숙지황, 영지 등을 배합하여 현대식 자동 설비에서 중탕한 제품으로서…… 쉽게 말해 그는 내게 흑염소 육골즙을 판매하러 온 것이었다. 나는 그날 바가지를 써서 3인분이나 샀다. 시간을 아랑곳하지 않고 늘어놓는 그의 장광설이나 남의 눈치를 보는 것도 힘이 들었고 무엇보다 그의 냄새를 견딜 수 없었다. 나는 흑염소 육골즙을 평소에 가장 사이가 좋지 않던 상사에게 바쳤다. 하나는 집에 가져가서 마누라에게 주었다. 그날 나는 그를 먹는 꿈을 꾸었다. 팩 속에 그의 눈알이 떠 있었고 입이 말을 걸어오기도 했다. 끔찍했다. 내 말이 이해가 안 되거든 그 냄새를 한번 맡아봐라.

진짜 약이 되는 흑염소에 관한 신문 기사 — 세계에서 가장 비싼 약을 생산하는 살아 있는 공장, 흑염소

현존하는 물질 중 가장 고가의 물질은 무엇일까. 백금? 다이아몬드? 아니다. 무게로 쳐서 가장 고가의 물질을 꼽으라면 의약 물질인 인간 백혈구 증식인자(G-CSF)가 단연 으뜸이다. G-CSF는 그램당 가격이 11억 원, 1회 주사분($300\mu g$)이 34만 원가량이며 세계 시장 규모가 연간 12억 달러, 국내 시장도 150억 원에 이르는 것으로 알려져 있다. 인간 백혈구 증식 인자는 몸 안에서 피가 만들어질 때 백혈구 증식을 위해 소량 분비되는 생리활성 물질로 백혈병 환자의 골수이식이나 암환자 화학요법 등으로 백혈구가 급격히 줄어들 때 투여하는 의약품으로 사용된다. 현재 미국과 일본 제약회사들이 세계시장을 독점하고 있는 가운데 토종 흑염소를 이용해 G-CSF를 생산할 수 있는 방법이 국내 연구진에 의해서 개발됐다. 과학기술원과 유전공학 연구소 연구팀은 지난해 3월초 H약품과 공동 연구로 탄생시킨 형질전환 흑염소 머니가 지난 1월 임신에 성공, 새끼를 낳을 예정이라고 밝혔다. 머니가 염색체 내에 G-CSF유전자를 가지고 있는 것은 확인됐지만 젖 속의 G-CSF가 경제성이 있을 만큼 다량 함유돼 있는지는 머니가 새끼를 낳은 후에나 알 수 있다. 머니의 젖에 G-CSF가 다량 함유돼 있는 것이 확인되면 머니는 국내 생명공학 사상 처음으로 고가의 의약 물질을 경제적으로 대량생산하는 '살아 있는 약품공장'이 된다. 연구팀 관계자는 "머니의 젖 1리터당 G-CSF가 1그램 이상 들어 있으면 경제성이 충분할 것"이라고 말했다. 연구소는 머니가 새끼를 낳으면 바로 젖에서 G-CSF를 정제할 수 있는 시설을 이미 갖춰놓았으며 정제된 G-CSF로 동물을 이용한 독성 및 효능 실험 등 전임상실험을 하고 내년부터는 본격적인 임상실험에 들어갈 예정이다. 머니는 보통의 흑염소를 교배시킨 후 암컷에서 수정란을 채취하고 여기에 사람의 G-CSF유전자를 미세 주사기로 삽입시킨 다음, 이 수정란을 대리모가 될 흑염소의 자궁이나 난관에 착상시켜 태어났다. 연구팀은 머니 1, 2호와 앞으로 태어날 G-CSF유전자를 가진 형질전환 흑염소 가운데 젖의 G-CSF 함량이 높은 것을 선발, 고부가가치 생리활성 물질을 경제적으로 생산할 수 있는 '생물공장'을 육성할 계획이다.

어느 식용동물 유통업자의 이야기

나는 기독교 신자가 아니지만 마누라가 교회를 나가고 〈십계〉라는 영화도 여러 번 봤기 때문에 모세를 알고 있는데, 처음 봤을 때 이씨가 꼭 모세 같았다. 미끄러지기만 하면 작살날 것 같은 절벽 위에 지팡이를 짚고 서 있는 모양이. 이씨가 서 있는 산 아래에는 어리석은 백성이 만든 황금 송아지 말고 흑염소들이 뛰어놀고 있었는데 이씨가 매에, 하고 소리를 지르면 염소들도 매에, 하고 따라 하는 게 꼭 무슨 교회 합창단 같았다. 이씨는 처음 나를 보고는 개장수라고 불렀다. 나는 개장수가 아니라 공급처의 개를 수요처에 배달하는 전문 유통인이다. 더구나 개만 배달하는 게 아니라 뱀이나 돼지도 배달한다. 이씨는 내가 "어이요, 거 개장수, 개장수요!" 하고 부르는 소리를 못 들은 척하고 개를 묶고 있는 동안, 나 같은 전문가는 개 한 마리 잡아 묶어서 트럭에 집어넣는 데 10초도 안 걸린다, 날아서 왔는지 돌아서자 내 앞에 서 있었다. 나는 지금까지도 그렇게 산을 잘 타는 사람을 만난 적이 없다. 이씨는 자기네 염소를 개소주를 만드는 데 데려가서 중탕을 만들 수 있느냐고 물었다. 나는 돈만 주면 중탕에서 산 염소도 꺼내올 수 있다고 대꾸해줬다. 그래서 이씨를 알게 됐는데, 나중에 알고 보니까 이 사람이 진짜 이스라엘 백성을 이끌고 산 넘고 물 건너는 모세 같은 사람이었다. 백성은 흑염소고. 이씨는 흑염소를 차마 자기 손으로 잡을 수가 없어서 나한테 부탁을 하는 거라고 했다. 이것만 봐도 이씨는 진짜 독한 사람은 아니다. 그다음에도 이씨는 같은 부탁을 했고 나중에는 내가 중탕집을 소개해줬다. 결국은 둘이서 나란히 식용동물을 배달하게 됐다.

망하고도 말이 많은 오리 회사 공장장이 산꼭대기에 있는 공장 정문에 써붙인 사과문

이유야 어떻든 우리 회사에서 부도를 낸 것에 대해 종업원 여러분, 주주 여러분, 그리고 선의의 채권자 여러분께 깊이 머리 숙여 사죄드립니다. 오리를 통해 국민 건강에 이바지하고 기업의 사회적 책임을 다하자는 저의 다짐은 한 줌 물거품으로 돌아갔습니다. 하지만 오리가 버릴 게 하나도 없는 완벽한 가축이라는 사실에는 추호의 변함도 없습니다. 오리의 털은 다운재킷의 원료로 최고의 보온성을 자랑합니다. 오리의 피와 고기는 중금속과 농약에 찌든 우리의 몸을 해독하고 정화하는 데 비할 바 없는 효능이 있습니다. 오리알은 완전식품으로 영양의 보고입니다. 그뿐입니까. 오리의 뇌에는 기사회생의 영약을 만드는 한방 원료가 들어 있습니다. 하다못해 오리의 혀까지 태워서 치질에 바르면 탁월한 효과를 나타냈습니다. 우리는 오리를 믿었습니다. 소비자를 믿고 우리의 신념을 믿었습니다. 그러나 이 시대가 아직 오리와 오리와 관련한 유망한 사업을 받아들이기에 인색한 것 같습니다. 안타까운 것은 이렇게 훌륭한 오리 산업, 오리의 문화가 채 성숙하기도 전에 우리가 실패했다는 것입니다. 그렇습니다. 분합니다. 혀를 깨물고 죽고 싶은 심정입니다. 하지만 오늘의 실패를 거울로 삼아……

하룻저녁에 오리라는 말을 5백 번 들은 월급쟁이의 이야기

느닷없이 커다랗고 노란 주둥이를 한 오리가 뒤뚱거리는 조잡한 팸플릿을 들고 나타난 그 친구는 우리가 함께 걷는 사십여 분의 시간 동안 쉬지 않고 음식점을 돌며 팸플릿을 돌렸다. 마침내 마지막 한 장까지 다 돌리자 만족한 얼굴로 저녁이나 사달라고 했다. 그는 내가 점심시간에 단골로 가는 음식점에 데리고 가자 큰소리로 오리 요리를 찾았다. 거긴 18년 동안 따로국밥만 팔아온 집이었다. 주인이 오리 같은 건 없다고 하자 그는 왜 없느냐고 대들었다. 그리고 주인이 대답할 틈도 주지 않고 오리가 일반 사람들에게 오해받고 있는 것과는 달리 얼마나 완벽한 식품인가, 오리의 콜레스테롤 수치는 얼마인가, 오리 한 마리가 식품 산업과 국민경제에 미치는 파급효과가 얼마나 큰가에 관해 침을 튀기기 시작했다. 난 도저히 말릴 생각도 하지 못했다. 말릴 이유가 없는 구경꾼들은 실실 웃으면서 그의 주위에 조금씩 모여들었고 느닷없이 '위대한 오리 문화'의 방해자가 된 주인은 얼굴을 찡그린 채 그의 이야기가 끝나기만을 기다리고 있었다. 그는 그다음으로 내가 자주 가는 식당에서도 같은 짓을 되풀이 했는데 그 집은 삼계탕으로 장안에 유명한 집이었다. 내가 차라리 저녁보다는 컬컬한 목을 풀어줄 생맥주나 한잔하자고 끌고 간 술집에서도 같은 짓을 되풀이한 다음에야 씨근거리며 자리에

앉았다. 그 술집은 주인이 독일에 맥주 유학까지 갔다 온 사람인데 전국에서 두번째로 맛있는 생맥주를 판다는 간판을 걸고 있었다. 그 집의 안주 중에 훈제 족발이 유명했고 주인은 맛있는 훈제 족발을 만들기 위해 직접 농장을 운영하고 있었다. 나는 오리가 아무리 좋아도 그렇지 가는 데마다 그렇게 시비를 걸고 협박을 해가지고서야 어디 한 마리라도 팔겠느냐고 걱정을 해주었다. 그러자 그는 탁자를 쳐가면서 무지한 인간들은 때려서라도 가르쳐야 한다, 그래서 서당 개가 3년 만에 풍월을 읊는 게 아니냐고 말했다. 그때 마침 그 집에서 자랑하는 훈제 족발과 부추김치가 날라져왔다. 그러자 그는 그 맛있는 생맥주를 한 모금도 마시기 전에 훈제 오리가 얼마나 맛있는가, 북경의 오리 요리가 세계 요리 경연대회에서 3회 연속 우승한 걸 아는가 모르는가, 부추보다 훨씬 강력한 해독, 강장 효과를 가진 오리를 왜 먹지 않는가라며 침을 튀겼다. 나는 지겨워서 그저 듣고만 있었다. 그는 오리를 대량으로 사육 공급하던 회사가 갑자기 망한 뒤, 그 회사에서 납품 대금 대신 오리 가공 설비를 입수한 사람들과 새로운 사업을 시작했던 것이다. 그는 모든 생맥주의 안주로 오리가 훈제 족발보다 훨씬 더 어울린다고 주장했다. 생맥주와 오징어, 오징어와 땅콩의 관계처럼 생맥주와 오리의 새로운 동반 관계가 시작되었고 시작되어야만 한다는 것이었다. 그는 또 소주 안주로 오리탕이 얼마나 잘 어울리는 것인가 이야기

했다. 오리의 앙가슴에 있는 부드러운 살은 횟집의 별미로 사람들의 열렬한 애호를 받을 것이고, 오리의 물갈퀴 달린 발은 포장마차에서 닭발을 밀어내고 꽁치를 밀어내고 심지어 어묵이나 국수까지 밀어낼 것이라고 예언했다. 나는 누군가에게 네가 3년 전에 달팽이를 팔다 망해서 그동안 흑염소를 키웠다고 들었는데 그 달팽이며 흑염소들은 모두 어떻게 했느냐고 물었다. 놀랍게도 그는 달팽이나 흑염소가 어디로 갔는지 모르는 것은 물론, 달팽이나 흑염소가 어떤 효능을 가지고 있는지에 관해 기억하는 게 거의 없었다. 그의 결론은 지상의 그 어느 가축, 물고기, 안주, 요리도 오리에 비하면 쓰레기나 다름없다는 것이었다. 나는 그때 재수 없게도 회사에서 창립 기념으로 나눠준 오리털 점퍼를 입고 있었다. 그래서 가슴털, 목털, 깃털, 속털에 관해서 줄기찬 강의를 참고 들어야 했다. 나중에 연락을 해보니 서울에 직장 다니는 친구 가운데 대부분이 나와 똑같은 처지가 되었다고 한다. 하여간 그 열의는 알아줘야 한다.

전국에서 두번째로 맛있는 생맥주를 판매하는 술집 주인이 손님에게 하는 이야기

   진짜 맛있는 생맥주는 어디서 나오느냐 하면, 바로 원칙에서 나온다 이 말입니다. 생맥주는 우리 몸에 유익한 균이 살아 있는 우수한 발효 식품입니다. 균이 살아 있으니까 산화되고 부패하기 쉽지요. 그래서 생맥주를 만드는 회사에서는 생맥주를 취급하는 방법에 대해 매뉴얼을 줍니다. 잔을 어떻게 해라, 거품을 어떻게 해라, 온도는 어떻게 해라…… 그대로 하면 됩니다. 시키는 대로 하지 않으니까 문제가 생기는 거지요. 한 가지만 이야기할까요. 맥주는 기본적으로 차가운 음료입니다. 안주를 선택할 때 뜨거운 건 빼야 합니다. 과거에는 통닭하고 생맥주를 많이 팔았지요. 좁아터진 공간에 닭튀김 하는 솥하고 생맥주가 같이 있으니까 아무리 해도 생맥주의 온도가 올라가게 되고 적정 온도를 유지할 수가 없었지요. 그래서 그 체인이 어떻게 되었습니까. 망했지요. 한 집 건너 있던 그 유명한 체인이 망했다는 겁니다. 그런데 무슨 오리를 맥주 안주로 하겠습니까. 별 미친놈이 다 있더군요.

식용동물 유통업자 부인의 이야기

남편은 진짜 토종닭만 취급했다. 흑염소를 할 때 양고기를 흑염소 고기라고 속여서 중탕을 한 사람들 때문에 남편도 같이 끌려가서 고생을 많이 했다. 그때부터 먹는 건 절대 가짜를 취급

46

하지 않는다. 남편은 토종닭을 찾아 전국을 누비고 다녔다. 토종닭이 낳은 달걀을 구해 한꺼번에 수천 마리씩 부화를 시켜 농장에서 위탁 사육을 했다. 닭은 오리를 하다 뜨거운 맛을 본 다음에 시작했는데 오리를 수십만 마리나 사육한 것보다 숫자는 적었지만 혼자 하는 거라 불안할 수밖에 없었다. 그래도 근교에서 가든이라고 간판을 단 집마다 토종닭을 취급하는 것 같아서 마음이 좀 놓였다. 토종닭의 육질은 약간 질긴 듯하면서도 쫄깃쫄깃하다. 우리 땅에서 나오는 우리 종자이니 당연히 우리 몸에 맞는다. 남편은 토종닭 병아리를 부화시켜서 일반 사료를 먹여서 양계장에서 두 달쯤을 키운 것을 주로 교외에 있는 식당에 배달해준다. 식당에는 뒷마당이나 산비탈이 닿아 있는데 거기에 망을 두르고 토종닭을 한 달쯤 놓아서 기르게 한단다. 그렇게 운동을 하면 적당한 크기에 육질이 뛰어난 토종닭의 환상적인 맛이 살아난다. 이런 닭을 먹어보면 양계장에서 나온 닭은 절대 못 먹는다. 닭 요리는 기름을 떼어내면 콜레스테롤과 지방이 낮아서 안심하고 먹을 수 있다. 다 남편이 가르쳐준 이야기다. 그런데 토종닭이라는 이름이 너무 헤프게 쓰이는 것 같다. 차림표에 토종닭이라고 씌어 있고, 먹기 전에 분명히 토종닭이냐고 묻고, 심지어 잡는 것까지 확인하는데 먹어보면 토종닭이 아닌 경우가 있다. 토종닭을 가지고 와서 잡는 척하면서 목을 살짝만 비틀어도 훈련이 되고 버릇이 든 닭은 죽은 척 바닥에 드러누워

발을 치켜든다. 대부분의 사람들은 살벌한 주인의 표정을 보고는 피를 보기 싫어 안으로 들어가버린다. 이때 주인은 닭을 깨워 산으로 놓아 보내고 시장에서 사온 값싼 양계장산 닭을 솥에 안친다는 것이다.

아기족을 취급한 술집 주인 이야기

나 참, 술집 20년에 그런 식으로 무작스러운 사람은 처음 봤당게요. 자기가 와서 애걸복걸해서 훈제 오리를 안주로 넣어준 게 언젠데, 이번에는 애기족을 하랑게 사람이 헷갈려도 보통 헷갈린다요. 애기족이 거 뭐시냐, 그랑게 도야지 새끼 족발을 말하는 갑데요, 잉. 쪼깐한 게 귀엽게 생기기는 했으라. 이름만 들어도 귀엽잖소. 글 안 혀도 여름 타면서 오리가 하도 안 나가서 나중에 겨울이나 가서 보자고 그만 받을라던 참이었는디, 애기족을 한 부대 들고 와서 샘플이니까 깔아보라고 안 합디여. 술집하루 이틀 할 것도 아니고 계속 공급을 해주면 모를까, 지금 잘 팔리고 있는 안주를 제끼고 놀 필요는 없죠잉. 그랬더니 그 사람이 양은 걱정 말라고 함시롱 두 컨테이너나 수입했다 합디다. 두 컨테이너면 돼지 새끼 다리만 몇만 족이 들었겠소. 외국에서는 족발을 먹지는 않는답디다. 사료로 쓰거나 쓰레기로 치워야

하는디 그런 걸 가져오니 거의 공 거나 마찬가지겠지요잉. 그란
디 말이요. 막상 그걸 내놓은게 손님들이 먹들 않어요. 빨그레한
게 통통해서 얼마나 쟁그라운지 말이요. 그렇게 이쁜 걸 어치케
먹겠소. 결국 그 사람 그것 때문에 망했다고 합니다. 수입 허가
내야지, 관세에 창고료 물어야지, 먹을 사람 찾아댕겨야지, 감당
이 될 리가 없지라. 그런 사람들 하도 많이 봐서 지겹지도 않어
라. 그런데 한 가지 신기한 건 있소. 그렇게 망하고도 자기 잘못
으로 망했다는 사람은 없단 말이요. 그 사람은 특히 중증이요.
자그가 왜 망했는지 전혀 몰라. 어디로 갔는지는 난 모르요. 살
생을 많이 했으니 절에 가서 빌고 있는지도 모르겠소. 장사도
봐감서 하는 법이요. 염라대왕 장부에는 올라가지 말아야제. 사
람이 착하기는 했는데.

잘나가는 장사 컨설턴트 박대통 소장의 이야기

생명체는 누구나 거래를 합니다. 식물, 동물, 심지어 광물과
바다, 산조차. 우리 몸의 세포 하나하나도 피에 노폐물을 내어주
고 영양분을 받아들여 생존합니다. 그 대가로 몸을 구성하는 거
지요. 이렇다 보니 세포의 조직인 우리는 세포처럼 늘 무엇인가
를 다른 세포 조직과 주고받지 않을 수 없습니다. 산속에서 평

생 혼자 사는 수도자라고 할지라도 자연과 거래를 합니다. 숨 쉬고 먹고 마시고 내놓고 다시 숨 쉬고 먹고 마시고 호흡합니다. 거래 그 자체인 장사는 인간이 존재하는 한 영원한 아이템입니다. 장사를 처음 시작하는 사람들은 혹시 이 일이 남들에게 비웃음을 사는 일이 아닐까 걱정합니다. 손님이 와도 부끄러워서 제대로 거래하지 못합니다. 인간이 어떤 존재인가에 대한 자각이 없는 것입니다. 장사는 결코 부끄럽거나 천하거나 유난히 훌륭하고 보람찬 일, 이 중 아무것도 아닙니다. 거래가 가장 고도화된 제도와 형태, 이것이 장사입니다. 마음을 바꾸십시오.

도시에 사는 자식의 아이를 맡아 기르는 노인의 이야기

서울에서 먹고살기 힘들다는 건 알지마는, 그래도 며느리라고 하는 게 시골 사는 늙은이들 생각을 한 번쯤은 해야 하는데 숫제 웬수여. 새끼들까지 데려다놓고 늙은이들 시집살이를 시키면서 돈 주는 날 빼면 전화 한 번 하지 않으니 그러려면 저희는 뭐하러 자식이라고 나왔으며 제 자식은 뭐하러 낳았나 말여. 이제 와서 돈을 좀 벌었는지 어쨌는지 하는 소리가 들리긴 하지만 제 몸에 두르고 제 입에 들어가면 그만이여. 배라 처먹을 것들. 누구는 애 맡기고 미안하다고 올 때는 꼭 보약 싸가지고 온다던데

<50>
</50>

나는 그런 건 바라지도 않았어. 즈이 장사하고 남은 거라도 들고 오면 좀 좋아. 내가 얼마나 오래 살겠다고 보약을 먹어. 그런 건 바라지도 않어. 애비가 팔고 남은 거 가지고 오라 이거여. 전화에다 대고는 어머니, 그거 먹어도 하나도 좋은 거 없어요, 하고 암코양이 같은 소리로 나를 속이려드는데 시골 사는 늙은이라고 아무것도 모르는 줄 아나봬. 뭐어, 살찌는 약이라나 뭐라나. 먹어도 하나도 덕이 안 되는 거라면서 그런 걸 사람들이 뭐하러 수십만 원씩 주고 사겠어. 신문에도 나고 광고에도 나고. 세상 사람들이 전부 다 살을 뺀다고 굶고 째는 판에 뭐 살찌는 약? 그 배라 처먹을 년이 순진한 애비 장삿길로 내몰고도 모자라 망조가 들게 하려는 것이여. 이젠 살이 찌는 것도 바라지 않고 약 가지고 오는 것도 바라지 않어. 제정신이 돌아오기를 기다리는 게여.

부업 상담 전문 컨설턴트 박대통 소장의 계속되는 노가리

우리나라 남자들 정력제라면 무조건 사고 보니 처음에는 장사가 될 겁니다. '비아그라' 같은 정력제라면 말이지요. 그런데 그것도 조금 지나면 경쟁이 심해져서 앞으로 남고 뒤로 밑져요. 정력제라는 게 정말 효과가 있을까요. 플라시보 효과라는 게 있죠. 나는 그렇게 봅니다. 세계적으로 유명한 가수가 올 때마다 특석을 사서 가는 분들이 있습니다. 한 장에 수십만 원씩 하는 특석을 살 정도가 되면 사회적으로도 어느 정도 위치가 있는 사람이고 그만큼 음악을 좋아하면 공짜 표가 생길 기회가 많습니다. 그게 한국이죠. 그런데 내가 아는 이분은 꼭 자기 돈을 주고 표를 사서 봅니다. 다른 건 몰라도 음악회는 꼭 그렇게 합니다. 공짜가 들어와도 다른 사람을 줘버리고 줄을 섭니다. 내가 도대체 왜 그렇게까지 하느냐고 물었지요. 그분 대답은 이렇습니다. 자기 돈을 주고 가야 제 소리를 들을 수 있고 돈이 아까워서라도 자지 않고 열심히 듣는다고요. 노래는 자기가 세상에서 유일하게 좋아하는 건데 TV나 라디오에서 듣거나 공짜로 들어서야 시간과 귀가 아깝다는 겁니다. 이해가 가십니까. 그 공연을 보기 위해 한 주일을 열심히 살고 열심히 일을 합니다. 그런데 공연이 실제로 좋지 않으면 어떻게 하느냐. 세계적인 가수라고 해서 매일 세계적인 공연만 하는 것도 아니고. 그랬더니 그 사람 대답이 걸작입니다. 돈 주고 가봐요. 언제나 천상의 음악이죠. 어디가 틀렸다, 어떻다 하는 건 공짜 표 받아서 가는 사람들이에요. 음악같이 개인적인 기호가 좌우하는 분야에서는 더구나 그렇죠. 이런 게 플라시보 효과다, 나는 이렇게 봅니다. 이야기가 잠시 옆길로 샜는데 다시 정력제 이야기를 합시다. 남들이 정력제를 비싼 값에 경쟁적으로 수입 제조해서 광고하고 팔 때 정력

감퇴제를 파는 사람이 있으면 그 사람은 장사 기질이 있는 사람이에요. 정력을 세게 하려고 안달하는 사람이 있으면 그 반대인 사람도 분명히 있습니다. 생각해보세요. 정력, 정력 하고 소리 높여 외치는 세상에서 정력을 억제해야 되는 사람들, 얼마나 힘들겠나. 그 사람들을 목표로 삼아 장사를 하면 틀림없이 성공합니다. 예를 들면 독신을 지켜야 하는 종교인이나 회교 국가에 파견 나간 회사원이 해당되겠습니다. 아, 그 회사원이 아니라 회사원의 부인을 타깃으로 삼아야죠.

살찌는 약과 관련해서 소설가가 쓴 글―파일럿피시 마케팅

매달 신용카드 회사에서 보내오는 카탈로그를 유심히 본 지가 오래됐다. 뭘 사려고 한다기보다는 그때그때의 기술·실용·유행의 첨단을 달리는 물건, 상술의 흐름을 파악하게 해주는 공짜 교과서니까. 살 빼는 약 광고가 한참 요란할 때, 살을 안 빼면 비문명인이고 불건강하고 결코 예뻐질 수 없다는 아우성이 한창일 때, 그 우악스럽고 무시무시한 광고 사이에 살짝 고개를 내민 조그만 광고 하나가 내 눈길을 끌었다.

'살이 찌지 않아 고민인 분들에게 희소식. 이 약은 확실하게 살이 찌게 해드립니다.'

그 광고를 보면서 나는 언젠가 TV다큐멘터리 프로그램에서
본 빨판상어를 연상했다. 거대한 가오리의 배에 빨판을 대고 찰
싹 달라붙어 가오리에 생기는 찌꺼기를 얻어먹고 사는 물고기가
빨판상어였다. 이름을 보면 상어의 한 종류 같지만 빨판상어는
바다의 갱스터인 상어와 거리가 멀다. 이 빨판상어의 생태와 비
슷한 상술에 '파일럿피시 마케팅'이라는 게 있다. 대기업의 대형
매장 근처를 따라다니면서 매장을 열어 거대 매장에서 나온 고
객을 흡수하는 상술이다. 대형 매장의 번잡스러움과 개인적인
선택의 여지가 별로 없는 스테레오타입을 싫어하는 고객이 공략
대상이다. 파일럿피시는 상어를 졸졸 따라다니며 상어가 남기는
먹이 찌꺼기를 먹고사는 물고기다. 물론 천년만년 따라다녀도
상어가 될 수 없다. 털에 관해서는 상어에 해당하는 것이 대머
리 발모제나 가발. 그런데 노출의 계절, 여름철이 되면서 털 제
거에 관한 광고가 다수를 차지하면서 발모제가 셋방살이 신세가
되고 말았다. 면도기, 제모 크림, 초음파 털 제거기…… 종류도
많고 보장도 약속도 많다. 그러다가 특이한 광고 하나가 눈길을
끌었다. 놀랍게도 그 제품은 '모근에 작용, 통증 없이 영구적으
로 털을 제거한다'는 것이다. 한 번 사서 영구적으로 특정 부위
의 털을 제거하고 나면 그 기계는 또 어디다 쓴담? 개인적으로
은밀하게 주문 배수하신 고객께서 그 기계를 쓰시고 나서 다른
사람 쓰라고 주기도 뭐하고 유산으로 물려줄 수도 없을 텐데.

삶의 신성한 반복성, 가변성마저 영구성을 내세운 상술로 잡아
먹고 나면, 혹 저 자신을 잡아먹은 꼴은 되지 않을까.

장사에 도가 튼 남편에 관해 어느 부인이 한 이야기

장사를 시작하면서 남편은 진득하게 한 가지 일에 매달린 적
이 없다. 외국에서 물건을 수입해서 팔던 시절이 가장 오랫동안
한 가지 일에 집중한 게 될까. 하지만 외국은 얼마나 많고 수입
할 수 있는 품목은 또 얼마나 되는가. 그걸 다 뭉뚱그려서 한 가
지 일이라고 말할 수 있을지 모르겠다. 처음 남편은 친구의 회
사를 통해 중국에서 필요한 물건을 수입했다. 내용은 잘 모르고
일일이 기억할 수도 없다. 그렇지만 남편은 물건을 꼭 세트로
취급했기 때문에 몇 가지는 기억난다. 살찌는 약도 있었고 살
빠지는 약, 발모제, 탈모제, 정력제, 정력 감퇴제 같은 품목이다.
그때마다 집에는 갖가지 샘플이 쌓여 보는 것만으로도 정신이
어지러울 지경이었다. 남편은 약의 효능이 입증되기 전까지는,
최소한 자기가 확신하게 되기 전까지는 판매하지 않았다. 효능
을 입증하기 위해서 남편은 주변 사람들을 이용했다. 제일 만만
한 게 처남, 곧 내 남동생이었다. 동생은 한동안 온몸이 털투성
이가 되었다가 대머리가 되더니 죽을 고생을 다해서 겨우 정상

으로 돌아왔다. 어떤 약을 먹고는 낮이나 밤이나 옷도 입지 않고 올케를 쫓아다녔고 어떤 약을 먹고는 두 달이나 각방을 썼다. 살찌는 약은 남편이, 살 빠지는 약은 내가 시험했다. 살찌는 약은 효과가 있었지만 살 빠지는 약은 별로 효과가 없었다. 어느 날 남편은 물건값보다 통관료니 대행료가 더 든다고 하면서 자신이 직접 현지로 가서 물건을 보고 골라서 가져오겠다고 했다. 그러기에 앞서 한국에서 중국에 필요한 물건을 선정해서 가져가면 거기서도 남길 수 있을 거라고 했다. 남편이 현지의 거래처, 교포와 통화한 전화료만 수백만 원이 넘었다. 남편은 한국에서 버려지는 중고 자동차, 가전제품, 사무기기가 중국에서는 제법 값을 받고 팔 수 있다고 결론을 내렸고 중고 가전제품을 파는 곳이며 고물상을 돌아다니며 물건을 끌어모았다. 그리고 남편은 떠났다. 그로부터 한 해 동안 남편은 돌아오지 않았다.

어느 중국 동포 처녀의 이야기

그 사람은 첫 느낌이 나쁘지 않았어요. 여기까지 장사하러 온 한국 사람치고는 순진하고 착했어요. 나는 대학에서 한국어과를 다녔어요. 한국하고 교류가 많아지면서 내 친구들 중 대부분이 통역이나 관광 가이드 일을 하게 됐지요. 난 그럴 기회를 잡지 못했어요. 부모님이 엄하셔서요. 지금은 돌아가셨지요. 그런데 한국 사람들은 참 이상해요. 올 때는 한꺼번에 그렇게 많이 몰려와서 뒤집어놓더니 갑자기 발길을 끊고는 말도 못하게 욕을 한다고 해요. 같은 동포라서 불쌍하다고 도와줬더니 여기 사람이 한국 사람보다 더 약았고 게으르고 골탕 먹인다고. 사실 여기 사람들이 나쁜 건 정말 빨리 배우지요. 목욕탕 같은 게 그래요. 중국에는 원래 공중목욕탕이 별로 없었어요. 그런데 몇 년 전에 한국에 있는 호텔 사우나탕을 흉내 낸 목욕탕이 생겼어요. 아가씨들이 안마도 해주는 목욕탕이죠. 생기자마자 엄청난 인기를 끌었지요. 나중에는 한 집 건너 목욕탕이 생겨날 정도였어요. 처음에는 손님들이 한국 사람이나 외지 사람이었지요. 그렇게 많이 생기니까 경쟁이 되고 손님도 중국 사람이나 떼돈 번 동포들로 바뀌었어요. 그러니까 당국에서 단속을 하기 시작해서 망한 사람들이 참 많아요. 망하면 어떻게 하겠어요. 여기서는 돈 없으면 못 살아요. 돈을 모를 때는 그냥 없어도 살았는데 돈독이 오르니까 못 사는 세상이 됐어요. 자기가 살려니까 도둑질도 하고 사기도 치지요. 여기는 형벌이 굉장히 엄해요. 사람이 흔해서 그런가봐요. 사형도 흔해요. 다른 나라 사람들이 이해를 못하는 부분이죠. 요즘에는 한국 사람이 오면 어지간하면 곧바로 사기를 당해요. 관광하러 온 사람들 말고 장사라도 하러 온 사람들 말이죠. 사촌 오빠가 장사를 해요. 여기서 많이 나는 한약재 같은 걸 모아서 한국으로 수출을 하는데, 사실은 건달이나 마찬가지예요. 그 사람이 어떻게 오빠하고 만나게 됐는지 모르겠는데 오빠가 나한테 그 사람 안내도 해주고 통역도 해주라고 해요. 그래서 만났어요. 그 사람이 가지고 온 물건이 중고 가전제품하고 사무기기인데, 가전제품은 몰라도 복사기나 팩시밀리 같은 사무기기는 온 성(省)을 뒤져도 몇 대 없었어요. 또 그런 데는 '꽌시(關係)' 있는 사람들이 다 줄을 대고 있거든요. 개인 사업 하는 사람들은 구경을 하면 가지고 싶어했지만 돈이 없었어요. 한마디로 구매력이 없는 거죠. 그 사람은 그런 사정을 너무 몰랐어요. 그럴 필요까지 없는데 내가 그런 사정을 좀 알려주고 했어요. 그게 고마웠나봐요. 따로 저녁을 몇 번 사줬어요. 한번은 내가 사는 걸 보고 싶다고 해요. 자기가 한국에서 어떤 물건을 들여와야 장사가 되는지 알고 싶은데 실제로 나 같은 인민이 어떤 식으로 사는지 알고 싶다는 거였지요. 난 오빠하고 의논했지요. 오빠 말로는 자기 집에 데리고 오라는 거예요. 오빠 집에 가기로 한 날, 갑자기 오빠가 무슨 일이 있어서 심양으로 가는 바람에 약속이 취소됐어요. 나중에 알고 보니 오빠가 일부러 그렇게 한 거죠. 결국 우리 집에 가게 됐어요. 저녁을 같이 먹고 TV를 보는데 갑자기 그 사람이 껴안아요. 왜 그러느냐고 뿌리쳤지요. 내가 그렇게 만만해 보이느냐, 중국에서 한국처럼 굴었다가는 평생 감옥에서 썩을 줄 알라고 쏘아붙였지요. 그런데 이

상하죠. 나 말예요. 왜 당장 나가라고 하지 않았을까요. 그 사람
이 무안해서 한참 있더니 한국에 가고 싶지 않느냐고 했어요.
가고 싶다고 했지요. 한국에 가기만 하면 식당에서 일을 해도
여기보다 훨씬 많은 돈을 벌 수 있으니까요. 그러니까 그 사람
이 자기가 꼭 초청을 할 테니까 한국에 오라고 해요. 나는 마음
대로 하라고 했지요. 자기 말을 못 믿느냐고 자꾸 그러길래 내
가 앨범을 보여줬지요. 사진 넣는 앨범 아녜요. 명함 넣은 앨범
이죠. 어디 시의원 명함도 있고 사업하는 사람들 명함, 관광 왔
다가 개인적으로 안내를 해줬더니 준 연락처. 그 사람이 그걸
보고는 놀래요. 내가 말해줬지요. 한국에 가면 나한테 초청장
보내겠다고 한 사람들이 이렇게 많다. 단 한 사람도 다시 연락
하지 않았다. 당신도 그렇게 하고 싶으면 명함을 놓고 가라고
요. 그 사람이 가만히 있다가 나보고 그 사람들한테 어떻게 해
줬냐고 물어요. 나는 당신하고 똑같이 해줬다, 내가 바라기도
전에 먼저 말하더라고 했지요. 그 사람은 명함을 놓고 가지 않
았어요. 그렇게 알게 됐어요. 그 사람은 착해요. 내가 만난 한국
사람 중에서 제일 착했어요. 자기가 대단한 사람이 아닌 걸 알
고 있는 사람이었지요. 유일한 사람이었어요. 그 후에도 그 사
람은 물건이 팔리기를 기다렸지요. 그사이에 러시아도 갔다 오
고 몽골도 다녀왔어요. 여기저기 소개를 받아서 사람도 만났겠
죠. 조금씩 물건을 가지고 가기도 하고 가지고 오기도 했어요.

러시아나 몽골 같은 데서 현금을 받지 않으면 무조건 손해 보는 거죠. 여기서 소개해준 사람들도 한두 번 만난 정도밖에 안 되니까 보상을 받을 수도 없어요. 그 사람, 나하고 같이 있으면 괴로우니까 뛰쳐나갔다가, 떨어져 있으면 더 괴로우니까 돌아오고 한 거예요. 알아요. 장사는 어차피 안 되는 거고요. 그렇게 1년이 지나니까 그 사람이 가지고 온 물건보다 훨씬 더 성능이 뛰어난 물건이 나왔지요. 결국 고철값도 못 받았어요. 돌아가면서 그래도 그동안 행복하게 산 게 남았다고 했어요. 자기는 그때까지 그런 행복을 맛본 적이 없다고요. 한국에 가려면 우리가 결혼을 해야 한다고 말한 적이 있어요. 나는 그런 건 꿈도 꾸지 말라고 했어요. 그렇지만 우리가 서로 사랑한 건 맞아요. 그 사람이 같이 북경에 가서 사람 속에 숨어 살자고 하더군요. 흑룡강 너머 아무도 살지 않는 산속에 가서 살자고 하기도 했어요. 다 불가능한 얘기지요. 지금은 사랑하지 않아요. 그 사람도 그러기를 바라요.

구름 구두를 신은 사나이의 이야기

음, 좋다. 나를 보고 사람들은 구름 구두를 신고 다닌다고 한다. 일주일에 한두 번은 국제선 비행기를 타고 구름 위에 올라서니 그런 이야기를 듣는지도 모른다. 음, 바람처럼, 구름처럼 산다는 게 내 신조다. 어차피 인생은 내 뜻대로 온 것이 아니고 내 뜻대로 가는 것도 아니다. 당신이 짐작하는 대로 나는 보따리에는 가볍고 값나가는 것만 넣는다. 반도체나 보석, 고가 장식품, 명품 안경, 토산품 같은 것이다. 때때로 단골 고객에게 특별히 주문받은 골동품 같은 것도 운반한다. 세계 각국에 자주 가는 호텔이 있고 자주 가는 식당, 단골 술집이 있다. 음, 내가 각국에 애인을 두었다고 해도 놀랄 사람은 없을 거다. 나 같은 사람이 세계적으로 수천 명은 넘는다. 음, 나하고 같이 다닐 생각은 없는가. 영어는 못해도 상관없다. 아주 기초적인 거만 하면 된다. 당신만한 눈치와 체력, 직감이면 된다. 음, 여자들. 캘리포니아에도 있고 밀라노에도 있고 멕시코시티에도, 따이충에도 있다. 내 여자들도 다 애인이 있고 심지어 남편도 있다. 내가 1년에 몇 번이나 간다고 나만 쳐다보고 혼자 살라고 할 수도 없는 거 아니냐. 기브 앤 테이크, 기브 앤 테이크. 가볍다. 물론 사랑한다. 전부 다 사랑한다. 만날 때마다 최상의 섹스, 최고의 극치감을 누린다. 그게 우리 같은 인간의 권리다. 음, 당신이 보여준 사진에 나오는 여자도 괜찮은 것 같다. 인생을 아는 표정이다. 정말 사랑하느냐. 음, 나하고 같이 다니면 지금보다 훨씬 더 행복하게 해줄 수 있다. 둘이 함께 오래 사는 것이 주는 자그마한 행복과 엄청난 의무. 다른 사람들이 일생에 한 번 맛볼까 말까

한 행복을 맛보고 맛보게 해주는 것, 그리고 작은 슬픔. 어느 게 좋은가. 잘 생각해보라. 오늘 우리가 헤어지면 언제 다시 만날지 모른다. 기회는 자주 오지 않는다. 음, 그래, 어쨌든 당신은 좋은 친구다.

다큐멘터리 〈샹그릴라는 있는가〉의 내레이터의 이야기

 이식쿨 호에서 아득히 서쪽, 천산 산맥의 북쪽으로 길쭉이 흘러내리는 추이 강이 발원하는 산간 오지 마을, 카를룩. 수천 년 동안 문명의 발길이 닿지 않은 이곳은 1년에 한 번 길이 열린다. 이 마을로 가는 길은 해발 4천 미터의 산기슭에 아스라이 잔도로 걸쳐져 있다. 이 길은 눈사태와 눈이 녹으면서 발생하는 산사태로 상습적으로 길이 막힌다. 이 길을 고치는 데 최소한 6개월이 걸리며 고친 길은 석 달 정도만 되면 다시 무너져버린다. 자칫 잘못 들어가면 나오기까지 몇 년이 걸릴지 알 수 없다는 마을이다. 이 마을 사람들은 염소를 키우고 복숭아밭을 일구어 양식을 마련한다. 눈이 녹은 물은 얼음같이 차고 맑지만 곧바로 사람이 마시면 설사를 하기 때문에 이들은 염소의 젖과 피, 복숭아의 과즙으로 부족한 식수를 대신한다. 마을의 처녀들은 열다섯 살이 되면 결혼을 하는데 지참금은 역시 염소다. 이 염소의 털을 이용해 융단을 짜는 기술이 발달했다. 이 융단을 짜기 시작한 것은 14세기부터라고 한다. 페르시아 상인들과 교역을 하게 되면서 생산된 융단은 아직까지 예전의 기법을 고수하고 있어서 서방 부유층의 인기를 끌고 있다. 융단 하나를 짜는 데 걸리는 시간은 3년. 이 마을의 여인들은 자신이 짠 융단의 숫자를 가지고 시간의 단위를 삼는다. 융단이 없었더라면, 그 마을의 존재는 알려지지 않았을 것이다. 융단이 아니었더라면 아득히 높은 잔도가 놓이지 않았을 것이다. 우리의 지프는 언제 무너질지도 모르는 길을 따라 복숭아꽃이 만발한 마을로 들어갔다. 얼음같이 차가운 물이 콸콸 소리를 내고 흐르는데 무수한 꽃잎이 물을 따라 흐르고 있었다.

몽골식 천막으로 전원에 집을 마련한 사람의 이야기

처음에는 통나무로 집을 지으려고 했다. 캐나다나 미국에 주문을 하면 거기서 먼저 여기서 보낸 규격에 맞춰 지어보고 다시 해체해서 보내준다는 말을 들었다. 문제는 비용인데 평당 단가가 3백에서 6백까지 천차만별이었다. 시공이라는 게 기초 하고 나시 조립만 하면 되니 특별한 기술이 필요하지 않았다. 알고 보니 제일 싼 물건과 비싼 물건이 똑같았다. 두 업자 다 망했다.

싸다고 하면 사람들이 신뢰하지 않고 지나치게 비싸면 포기한다. 한때 통나무 주택이 붐을 일으켰을 때 돈을 번 사람들은 가격 책정에 성공한 사람들이다. 이 집 짓기 전에 싸구려 중국제 카펫을 사면서 알게 된 사람이 있는데 그 사람이 자기가 가본 몽골의 천막을 이야기했다. 게르, 파오라고도 한다. 내가 이걸 내 손으로 직접 지었다. 내가 아마 최초로 몽골식 천막을 지은 사람일 거다. 벽이 원통형이고 지붕이 둥그니까 한여름에 시원하고 겨울에는 바람을 덜 탄다. 언제든 쉽게 분해 조립할 수 있다. 지금은 통나무 주택과 마찬가지로 여기서 크기만 알려주면 현지에서 일체를 다 맞춰서 배로 보내준다. 그렇게 만들기까지 내가 얼마나 고생을 했는지. 나는 하나씩 주문한 거나 마찬가지다. 융단 팔던 사람이 내가 하는 걸 보고는 자기가 아예 회사를 만들어 천막식 주택 사업을 하겠다고 했다. 견본 주택으로 우리 집을 찍어가고 견학도 많이 왔다. 요즘은 연락이 오지 않는 걸 보니 망한 것 같다. 그 사람은 남 손해 보이는 일은 하지 않는 사람 같았다. 그래서는 장사에 성공하기 힘들다. 이 집은 다 좋은데 누린내가 난다고 아이들이 싫어해서 여기선 나 혼자 살고 있다.

속아서 카페를 산 사람의 이야기

20년이나 직장에 다니다가 갑자기 떨려나는 바람에 장사라도 해야겠다고 돌아다녔지만 마땅한 게 없었어요. 직장인이라는 게 직장 밖에 나오면 아무것도 모르는 숙맥이에요. 장사라는 게 아사리판인데 품위 있게 인간적으로 해보겠다고 한 게 착각이지요. 이 카페 위치를 보세요. 강물도 안 보이죠, 응달에다가 맞은편에 대형 레스토랑이 있지, 차도에서 한참 들어와야 되지, 장사가 되겠어요. 몽골식 천막으로 지은 게 이색적이긴 해도 이게 비만 오면 난리예요. 몽골같이 비가 없는 초원에서 짓고 사는 집이니 우리나라처럼 장마가 있는 나라에서는 감당이 안 되지요. 처음에는 퇴직금도 있고 배가 부르니까 너무 번잡해도 싫고 그냥 식구들 먹고살 정도만 되면 되겠다 싶어서 이 집이 눈에 들어왔어요. 마침 주인이 부동산에 내놓았던 참이라 구경을 왔어요. 그런데 손님이 꽤 많아요. 손님 층도 다양해서 노인 부부, 젊은 연인들, 바람 쐬러 나온 아줌마들, 애들하고 같이 온 젊은 부부…… 한 번이 아니라 두 번을 왔는데도 그래요. 그래서 계약을 했지요. 중도금을 주려고 왔는데 손님이 하나도 없어요. 이건 완전히 폐업 수준이더라구요. 아차, 싶어서 따져봤더니 원래 장사가 안 되는 집이에요. 그 손님들은 다 동원한 손님들이고. 그런 사람들이 있대요. 손님인 척하는 아르바이트를 하는 사람

들이죠. 중도금까지 줬는데 계약을 깰 수가 있나요. 무조건 안
된다죠. 내가 통곡을 하니까 그 사람 말이 그래요. 자기도 속아
서 샀는데, 그 전 주인한테 듣기로는 자기가 세번째로 당한 사
람이래요. 그러니까 장마 오기 전에 나도 빨리 처분할 생각을
하라는 거죠. 부동산 중개하는 사람들만 배가 부르는 거야. 기가
막혀서. 그런데 요새는 아예 보러 오는 사람도 없어요. 나는 손
님이 많을 이유가 없는 집에 손님이 들끓으면 다 그런 집이라고
짐작해요. 이런 걸 세상이 다 알면 큰일인데……

아사리의 사전적 정의

  불교에서, 스승이 되어 제자를 가르칠 만한 덕을 갖춘 고승을
일컫는 말. 불교에서는 제자를 교육하는 사람을 화상(和尙)과 아
사리 둘로 나눈다. 화상은 세속의 부모처럼 전 생애를 일관하는
스승인 데 비해, 아사리는 교사와 같이 취학 때의 스승이므로 신
분이 달라지는 경우도 있다. 제자의 궤범이 되어 가르치기 때문
에 궤범사(軌範師) 또는 정행(正行)으로 의역한다. 인도의 소승
불교에서는 5회 이상 안거(安居)를 계속하고 계율에 밝아 갈마
(羯磨:수계의식)를 담당할 수 있는 승려를 이렇게 불렀다. 밀교
(密敎)에서는 특히 전법관정(傳法灌頂)을 베푸는 스승을 대(大)

아사리라고 한다.

월간지 『전원주택—하늘과 물, 바람의 시』 편집인 권두언 '정치판을 다시 짜자' —판에 관한 이야기

불교에서 나와서 세속에서 다른 뜻으로 쓰이는 말은 꽤 있다. 대표적인 것이 이판사판이다. 이판(理判)은 세속을 떠나 도를 닦는 일이고 사판(事判)은 절의 재산을 관리하고 맡아 처리하는 일인데 이 두 일을 하는 사람이 한 치의 양보도 없이 맞서면 '막다른 데에 이르러 더는 어찌할 수 없게 된 판'이 된다. 이럴 때 한 수 가르쳐서 정리를 할 수 있는 고승 아사리가 나서야 하는데, 그랬는데도 수습이 되지 않는 어지러운 판이 아사리판이다. 이와 비슷하게 어지러운 속세의 판은 난장판으로 여러 사람이 뒤섞여서 마구 떠들어대서 누구 말이 옳은지 분간이 되지 않는 판이다. 가장 어찌할 수 없는 판은 개판으로 몹시 난잡하고 무질서하게 엉망인 상태를 이른다. 어지러운 정도의 우열을 표시하면 이판사판<아사리판≤난장판<개판이 된다. 난장판과 개판 사이에는 '개판 5분 전'이 있을 수 있다. 이판사판이나 아사리판은 그래도 종교적인 의미가 있어 수습이 가능하다고 한다면 난장판은 세속의 것이며 개판은 짐승의 몫이거나 판에도 못 미

치는 것을 말한다. 우리의 막가는 정치판은 과연 어디에 속해
있는가.

미국 시민 벤저민 프랭클린이 했다는 이야기

돈의 가치를 알고 싶거든 돈을 꾸어보라.

구멍가게를 하다가 부도를 낸 여자의 이야기

구멍가게를 하던 나 같은 아줌마가 부도를 냈다고 하면 사람
들이 웃을지 모른다. 그렇지만 그 부도 금액이 억대를 넘어간다
면? 지금 생각해도 피눈물이 난다. 구멍가게 3년에 빚진 게 2억
5천이다. 구멍가게라는 게 남의 물건 받아다 현금 받고 팔아서
10퍼센트 이문 남기는 거다. 누구라도 부도날 데가 없다고 생각
한다. 아무리 구멍가게라도 현금 회전이라는 있으니까 물건값
을 먼저 써버릴 때도 있고 외상을 줄 때도 있어서 잠깐잠깐 빚
으로 물건값을 충당할 수도 있다. 내가 그랬다. 처음에는 카드
로 10만 원, 20만 원 빚을 지다가 결국 이웃에게 백만 원, 2백
만 원도 빌리게 됐다. 돈 빌리는 게 쉬운 일은 아니다. 내가 그

68

동안 배운 게 있는데, 바로 돈 빌리는 기술이다. 돈을 빌릴 때는 절대로 가난하거나 약한 모습을 보여서는 안 된다. 도도하고 거만하게 빌려야 한다. 옷가게에 가서 백만 원짜리 옷을 사서 입고 귀금속 가게에 가서 루비 반지라도 하나 끼고 가면 옷 구경하고 보석 구경하고 구경값으로 빌려준다. 빌려가라고 한다. 이자가 그만큼 비싸니까. 은행도 마찬가지다. 내가 이렇게 된 건 지금 이혼한 전남편 보고 배워서 그렇다. 그 사람은 어디서 최고급 승용차만 나왔다 하면 맨 먼저 사가지고 은행 쫓아갔다. 똥차 가지고 가면 은행에서 상대를 안 해주니까. 대출을 받으면 헐값에 차를 처분한다. 그 사람? 차에 미친 사람 아니다. 지방 다니면서 땡장사하는 사람이다. 트럭도 오감한 사람이다. 전 재산이 차 한 대 값도 안 될 거다. 그래도 은행은 양반이다. 급전 사채 이자가 얼마인지 아나. 1년으로 치면 원금의 열다섯 배도 있다. 이런 걸 어떻게 갚나. 못 갚으면 어떻게 하나. 협박에 폭행에 납치에 유괴에…… 치가 떨린다. 도망 다니다보면 또 돈 들고 그것도 빌려야 하고…… 나도 입고 싶은 것, 먹고 싶은 것, 내 마음대로 해본 게 없다. 자식들 먹고 싶다는 피자, 햄버거 맘 놓고 사준 적이 있는 줄 아나. 애들 얼굴에 마른버짐이 허옇다. 지금 와서 무슨 할 말이 있겠는가마는 나한테 돈 빌려준 사람들도 좋은 마음 가진 사람은 하나도 없다. 이런 억울한 사정을 밝혀주면, 다시는 세상에 나 같은 사람이 없도록 해주면 그보다 더 고마울 일은 없겠다. 마지막으로 할 말, 아이들이 보고 싶다. 애들아, 사랑한다. 엄마가 먼저 가지만 너희들은 씩씩하게 커야 한다. 원장 선생님, 보모 선생님 우리 아이들 잘 부탁합니다……

친구에게 명의를 빌려주었다가 감옥에 갈 뻔한 사람의 이야기

두어 해 전에 통신 학습지 사업을 한다면서 나를 끌어들였다. 5백만 학생을 상대로 만 원씩만 걷어도 1년 안에 최소한 2백억 원은 벌 수 있다고 큰소리를 쳤다. 돈은 자기가 댈 테니까 내가 제작을 하고 자신은 판매를 해서 반씩 딱 갈라먹자면서 게거품을 물었다. 나중에 알고 보니 제 딴에는 그동안 수십 가지의 사업을 벌이면서 저는 물론이고 부인에 장인, 장모, 시골에 혼자 사는 아버지의 명의까지 빌려서 돌아가면서 차례로 한번씩 부도를 냈다. 돈이 있어도 사업자 등록을 할 수가 없으니 내 명의를 빌리자는 것이었다. 알다시피 내가 좀 게으르다. 그 덕분에 이름 하나는 깨끗하다. 물려받은 것도 좀 있는 줄 알고 담보나 제공해주었으면 하는 것 같더라. 내가 눈 딱 감고 못하겠다고 했다. 그러던 참에 미국에 있는 누이가 한번 다니러 오라고 하는데 비자를 내려니 직장인이거나 사업자 등록이 있어야 낼 수 있다는 게 아닌가. 그래서 잠깐 명의를 빌려주고 등록증 받아다가 비자를 냈다. 그런데 그 친구가 나 미국 갔다 온 새에 사고를 쳤다. 대학생 아르바이트를 써서 다른 학습지를 적당히 베껴서 조합하고 일본에서 나온 걸 노인들에게 번역시켜서 슬쩍 끼워넣고 해서 학습지 흉내를 냈다. 베껴쓰는 것도 귀찮아서 남의 학습지에서 오려낸 종이를 적당히 이어 붙이고 그걸 촬영해서 필름으로 썼으니 문제지 한 장의 서체가 뒤죽박죽이고 오려낸 자국까지 보일 정도였다. "최고의 직중률, 최저의 가격"이라는 문구 밑에 "아빠, 나도 다른 아이들처럼 학습지로 공부하고 싶어요"라는 소제목 있는 광고, 그게 그 친구 작품이다. 길거리에서 공짜로 배포하는 생활정보신문에 광고를 냈다. 정상적인 학습지들이 광고를 하는 일간지나 방송에는 한 번도 광고를 하지 않았다. 졸렬에다 졸속에 싸구려 일변도였다. 결국 독자들에게서 항의 전화에 환불 요구 내용증명이 날아오기 시작했고 표절을 당한 다른 학습지 회사에서도 눈치를 채는 바람에 문을 닫지 않을 수가 없었다. 그나마 다행이었던 것은 다른 학습지의 3분의 1정도밖에 안 되는 액수인데다 구독자 수가 많지 않아서 소비자단체나 사법기관에까지 가지 않고 끝났다는 것이다. 끝까지 포기를 하지 않는 사람에게는 반 정도의 액수를 환불해주었다. 그 친구 말대로라면 통신교육 사업을 하는 동안, 내가 그에게서 가장 많이 들었던 말은 "싼 게 비지떡"이라는 말이었다. 비지떡을 먹는 사람들은 맛을 따지지 않는다는 것이고 조금 손해를 보더라도 포기하고 감수한다는 거다. 그 친구 행태가 그렇다. 조그맣게 부지런하게 움직여서 남에게 큰 손해는 입히지 않는다. 저도 크게 벌어보지 못한다. 그 친구 덕분에 비자 내서 미국에는 다녀왔으니 나도 크게 손해 본 건 없다. 나로서는 과거에나 현재에나 미래에나 특별히 개인 사업을 할 일도 없으니 부도가 나서 신용 불량자가 되든, 적색 거래처가 되든 큰 상관은 없다. 감옥에만 가지 않으면 그만이다.

소설가의 노트북에 찍힌 글자

좌하.

소설가의 의미 없는 중얼거림을 문어체로 옮긴 글

나는 노트북 전원에 손가락을 얹었다. 하여튼 일을 하긴 해야 한다. 꿈속에서 원고료를 선불로 받은 출판사 편집장을 만났다. 그는 내게 1원당 한 대씩 3백만 대의 곤장을 맞으라며 먼저 옷

72

을 벗으라고 명령했다. 나는 양반의 후예로 차마 옷을 벗을 수는 없으니 그냥 옷 입은 채 때려죽여달라고 애원하다가 애원을 하다가 땀에 젖어 잠에서 깼다. 이렇게 재수 없는 꿈을 꾸고도 일을 하지 않는다면 다시 꿈을 꿀 때는 더 재수 없는 상황이 벌어질지도 모른다. 나는 버릇대로 원고 맨 위에 제목을 쓰려고 했다. 내게는 좋은 소설이든 나쁜 소설이든, 마음이 내켜서 쓰는 소설이든 미지못해 쓰는 소설이든, 길든 짧든 제목을 쓰는 버릇이 있다. 그런데 좌하라니? 내가 왜 이런 글자를 친 건까. 사전에 입력된 무엇이 있어서 그렇다. 나는 노트북 밑에 깔려 반만 밖으로 튀어나와 있는 두꺼운 편지봉투를 노려보았다. 거기에 좌하라는 말이 적혀 있었으니까. 그러고 보니 그의 사업이라는 게 바로 이것인가. 내가 알기로는 세상에서 내가 아는 사람 가운데 좌하라는 말을 아는 사람은 이용원밖에 없었다. 오, 그래, 바로 너였구나. 나는 수화기를 들었다. 그리고 전화를 끊기 직전 그가 일러준 휴대폰으로 전화를 걸었다. 신호가 울리는 동안 나는 전화에 대고 쏟아부을 말을 떠올렸다. 야, 이 촌놈아. 지금이 무슨 고려장 시대냐. 옛적에 선배님들이 다 써먹은 수법을 무슨 새로운 사업이라구 하고 있어. 신문에 부고 한 줄 나지 않는 이름 없는 백성들이 열화와 같이 호응을 할 거라구? 너 자꾸 좌하, 좌하 하는 걸 보니 네가 지난번에 사기 치던 학생들 주소로 보내서 아버지들 보라구 하는 모양인데, 좌하는 그런 데 쓰는 게 아냐. 차라리 전화번호부 보고 보내. 이거 지금 내가 제정신이야? 되지도 않을 일을 하는 놈한테 코치를 하고 있으니…… 너 때문에 내가 정말 돌겠다. 돌겠다구. 그러나 그는 종내 전화를 받지 않는다.

전화기에서 흘러나오는 이야기

지금 수신자의 위치를 확인할 수 없어 연결되지 않으니 다시 걸어주시기 바랍니다.

소설가의 노트북 화면에 찍히는 글자들

돈다. 물레가 돈다. 돈다. 지구가 돈다. 돈다. 은하가 돈다. 돈다. 시계가 돌고 전기구이 통닭이 돈다. 돈다. 팽이가 돈다. 달이 돈다. 물레방아가 돈다. 돈다. 인생이 돈다. 물레방아 인생이 돈다. 돈다. 돌고 돌고 돈다. 통째로 돈다.

소설가가 쓰기 시작한 소설 「호랑이를 본 장군」

한 나그네가 있었다. 나그네는 나그네이므로 정처 없이 어딘가로 가야 할 운명이었다. 나그네는 무슨 일인가로 실의에 차 있었다. 수많은 일을 해왔으나 단 한 가지 일에도 정상에 오르지 못했다. 나날이 빚은 늘고 주어진 시간은 줄어드는 평범한 인생을 살아왔는지도 모른다. 그러나 나는 그 나그네가 평생 처음 맛본 강렬한 사랑에 눈이 멀었다고 말하고 싶다. 이룰 수 없는 사랑에 귀를 먹었다. 길은 한없이 길고 꼬부라지는가 하면 어두컴컴했다. 나그네는 짙은 안갯속을 헤매며 목메게 사랑하는 여인의 이름을 불렀다. 한꺼번에 암염소 수십 마리를 잃은 우두머리 숫염소처럼 어미를 잃은 새끼 염소처럼. 길은 갈수록 오리무중이고 산은 갈수록 높아졌다. 아무리 사랑에 빠졌기로서니, 인간으로서 넘볼 수 없는 사랑을 희구한 죄를 짓고 산길을 헤매기로서니 배가 고프고 목이 마른 걸 어쩌겠는가. 잠이 쏟아지고 무릎이 꺾이는 건 또한 어쩌겠는가. 짐승이라면 먹을 걸 먹고 물을 마실 것이다. 잠자리를 찾고 지친 몸을 누일 것이다. 그러나 나그네는 그렇게 하지 않았다. 인간이었기 때문에 허세를 부리며 전도를 모르는 길을 갔다. 안갯속을 헤매며 옛 이야기의 주인공처럼 자학했다. 그러나 시간이 지나면서 차츰 들뜬 정신도 가라앉고 생명을 유지해야겠다는 본능이 되살아났다. 그 순간이었을 것이다.

사람이 사람을 초월한 경지에서 사람으로 건너오는 경계선에
서는 순간.

짐승과 성자의 영혼과 개밥과 도토리가 뒤섞여 있어 '인간적'
이라고 부르는 색계(色界)를 돌아보는 그 순간.

극한을 추구하고 있지만 그 극한이 자신의 능력을 넘어선 아
득한 경지에 있어 도달하지 못하고 실패할 수도 있겠다는 사념
이 침범하는 그 순간.

떠나온 그 세계를 다시 바라볼 수 있는 마지막 순간.

숲에서 비릿한 냄새가 섞인 바람이 불었다. 바람이 불었다기
보다는 소리 없이 냄새가 퍼뜨려졌다고 해야겠다. 나그네는 이
유도 모르는 채 숨을 죽였다. 무엇인가 땅을 스치는 소리가 들
리는 듯 했다. 권투 선수가 결정타를 먹이기 전 가볍게 발걸음
을 떼는 것처럼 부드럽고 리드미컬한 소리였다. 그러나 그 소리
며 냄새는 너무 미약했다. 곧 나그네의 청각과 후각은 둔감해졌
다. 나그네는 고개를 저었다. 다시 길을 가려고 했다. 그러나 막
걸음을 내딛는 순간, 어찌할 수 없는 강력한 노린내가, 지린내에
섞여 코의 점막을 습격했다. 나그네는 그 자세 그대로 얼어붙었
다. 나그네의 소매 사이로 차가운 습기가 스멀스멀 기어올랐다.
나그네의 온몸에는 소름이 돋았고 털이란 털은 곤두설 대로 곤
두서서 하늘을 향했다. 나그네는 꼼짝도 하지 못했다. 눈알은 굴

렸으니 꼼짝하지 못했다는 말은 취소다. 움직이느니 나그네의 눈알뿐이었다. 막 순이 돋은 두릅나무의 가지도, 잎을 늘어뜨린 사시나무도 가만히 있었다. 벌레 소리조차 들리지 않았다. 모든 것이 정지한 듯했다. 들리느니 자신의 숨소리요, 보이느니 자신의 코끝에 솟은 땀방울이었다. 짧다면 짧고 길다면 일생처럼 긴 시간이 지났다. 문득 나그네의 코끝에서 땀방울이 떨어졌다. 나그네는 참았던 숨을 내뿜으면서 느닷없이 웃음을 터뜨렸다. 아무것도 아냐, 아무것도 아니라구. 난 내 존재보다 더 강렬한 사랑에 빠졌던 바보 같은 사내라네. 지금 죽음을 찾아 길을 가는 게 아닌가. 그러면서 무엇을 두려워하는가. 오오, 인생은 계속되는 거야. 나그네는 자신의 모순을 즐거워하며 계속 웃어댔다. 그러나 영원히 웃을 수도 없는 법. 숨이 가빠지고 눈물이 그렁그렁해진데다 목이 따가워진 나그네는 다시 웃기 전의 상황으로 되돌아가는 경계선에 서게 되었다.

웃을 수도 없고 울 수도 없는 그 경계선.

꿈도 아니고 생시도 아닌 경계선. 승도 아니고 속도 아닌, 성스러움과 속됨의 경계선.

나그네는 어디로 갈까, 어떻게 할까 망설이며 두리번거렸다. 그 순간. 끄어훙! 숲을 흔드는 노호가 나그네의 귀를 찢을 듯했다. 긴 꼬리를 늘어뜨린 싯누런 그림자가 공중을 가로질렀다. 나그네는 땅에 납작 엎드려 귀를 틀어막았다. 눈을 감고 고개를 쳐박았다. *끄홍, 끄흐홍*. 산이 찌렁찌렁 울고 나뭇가지가 미친 듯이 흔들렸다. 그림자는 계속 허공을 날았다. �솨아아, 하고 위에서 아래로 사태처럼 바람이 불었다.

나그네는 언제부터 자신이 뛰기 시작했는지 몰랐다. 살이 긁히고 옷이 찢기며 내달았다. 나그네는 언제부터 자신이 구르기 시작했는지 몰랐다. 데굴데굴데굴데굴. 나그네는 드럼통처럼 구르고 또 굴렀다. 데굴데굴데굴데굴데굴데굴…… 데굴데굴…… 데굴데굴떽데굴. 그리고 데굴. 마지막으로 구르고 난 뒤, 나그네가 머리통을 싸맨 손을 풀었을 때 나그네의 눈앞에는 해진 짚신을 신은 발이 보였다. 나그네는 천천히 고개를 들었다. 길고 흰 수염을 기르고 다 떨어진 옷을 입은 노인이 나그네를 내려다보고 있었다. 노인의 얼굴을 덮고 있는 주름은 한량없는 연륜을 갈무리하고 있는 듯했고 눈빛은 지혜로 빛났다.

노인을 보는 순간, 나그네의 눈에서 눈물이 흘러나오기 시작했다. 나그네는 노인의 뼈만 앙상한 무릎을 감싸 안고 울었다. 껙껙거리며 어린아이처럼 섧게 울었다. 노인은 몸을 굽혀 나그네를 찬찬히 살피다가 안심하라는 듯 머리를 부드럽게 쓰다듬었다. 언제 날이 바뀌었는지 새로 뜬 해가 풀밭의 이슬을 영롱하게 비추고 있었다. 마침내 나그네가 울음을 그쳤다. 그때 노인은 나그네에게 말했다.

'자네, 호랭이를 봤구만.'

해설

．
．
．
．

비극의 아래로 데굴데굴

권희철(문학평론가)

1. 성석제의 소설은 비극적이다

성석제의 소설은 '희극적'이다. 적어도 성석제를 이해하는 표준적인 방식에서는 그렇다. 고전적 정의에 따라 바보 같은 것들의 우스꽝스러움을 전시하여 우리를 웃게 만드는 것이 희극적인 것이라고 한다면, 성석제의 소설은 분명 희극적인 데가 있다. 성석제는 지극히 사소하고 하찮은 것들을 짐짓 위대하고 영웅적인 것처럼 다루면서, 역설적으로 그 사소함과 하찮음을 확대해서 보여준다. 그는 논두렁 깡패의 무용담을 신화의 형식으로 서술하거나,(『왕을 찾아서』) 춤으로 여자를 유혹하는 제비가 자신의 진정성을 증명하게 하기 위해 거짓 참고문헌을 성실히 제시하게 만든다.(「소설 쓰는 인간」) 반대로 근엄한 척하는 것들의 속내가 얼마나 하찮은 것인지를 까발리며 조롱하기도 하는데, 성리

학적 신념을 끝까지 고수한 유생 채동구는 가출의 제왕일 뿐이고(『인간의 힘』), 세상의 힘 있는 자들은 모두 도적 떼들이거나 날조된 태자관 신화에 속아넘어가는 바보 속물들일 뿐이다.(『도망자 이치도(순정)』) 이 희극적 구조들은 성석제의 유려한 농담과 이야기꾼의 어투와 만나 매번 폭발적 웃음을 만들어 내곤 했다(예컨대 이런 농담들. "애한테 바둑을 가르치지는 않으셨나요." / "아니. 내가 그 생활을 알아. 아니까 시키기가 싫어. 제가 한다고 해도 말릴 생각이야. 집에는 바둑책 하나 없지. 바둑판이나 알도 없고, 개도 바둑이는 안 키워." ―「고수」).

그러나 성석제 소설이 만들어내는 웃음이 다만 이런 것이라면, 우리는 성석제의 소설이 악마적인 것이라고 말해야 할지도 모른다. 그런 웃음은 하찮은 것의 우스꽝스러움을 확대하고 고귀한 것을 비루한 것으로 전도시키며 즐거워하는 데서 오는 것, 다시 말해서 남의 불행을 즐기는 웃음이기 때문이다. 그러나 성석제 소설의 웃음은 악마적인 웃음을 뒤집고 나서야 완성된다. 우리는 성석제 소설에서 늘 너무나 강렬한 웃음을 경험하기 때문에 이 점을 이야기하는 데 소홀해지곤 하지만, 만약 성석제가 위대한 희극 소설가로 불릴 수 있다면, 그것은 그의 소설이 이 '악마적 웃음에 대해' 웃게 만들어 결국 악마적 웃음을 무력화시킨다는 데에 있다. 우리는 크게 웃느라 종종 지나쳐버리곤 하지만, 성석제 소설은 텍스트 속에 어떤 희극을 포함하거나, 희극적 사건을 재현하기만 하는 것은 아니다. 성석제의 소설에는 이 탈리아의 소설가 캄파닐레를 분석하면서 움베르트 에코가 발견한 바로 그것, 텍스트 '안의' 희극에서 텍스트에 '대한' 희극으로 이행하며 자기 자신에 대해 웃게 하는 운동이 포함된다.[1]

예컨대 우리는 『왕을 찾아서』 '안'에서 다분히 과장된 논두렁 깡패들의 활극을 발견하고 마음껏 웃을 수 있다. 그러나 이 깡패들의 세계가 볼품없고 허약한 것이며 우스꽝스러운 것이라고 편정히는 것은 이미 논두렁 깡패들의 세계가 조직폭력배들에게 허물어져 패권을 내놓는 새로운 질서의 도래와 동시적이다. 이러한 변화 이전에는 깡패 마사오가 마을 사람들의 왕이었고, 누구도 그 권위를 의심하지 않았으며, 논두렁 깡패들의 질서는 정상적으로 작동하는 앙시앵 레짐이었다. 하지만 이 소설의 화자 원두가 진단한 것처럼, "조직의 시대가 왔다. 칼의 시대가 왔다. 사업의 시대가 왔다. 관리의 시대가 왔다." 새 시대에는, 사소한 이익 따위를 하찮게 보는 마초적인 거만함과 마초들 사이의 고결한 의리가 현실적으로 무력하고 하찮으며 우스꽝스러운 것으로 판명된다. 그들은 합리성과 등가교환의 원칙을 모른다. 투자에는 수익이 손해에는 보복이 뒤따르게 하는 정확한 계산법이

---

1) 움베르토 에코, 김운찬 옮김, 「캄파닐레: 낯설게 하기로서의 희극」, 『거짓말의 전략』(마니아판), 열린책들, 2009, 97~98쪽.

운용되는 가운데, 가능한 모든 힘들의 원천을 재배치하여 관리하면서 자그만 이익이라도 놓치지 않는 조직폭력배들, 다시 말해 시장의 법칙을 내면화한 새로운 종자의 깡패들에 의해, 이 순진하고 어리숙한 논두렁 깡패 마사오는 바보의 자리로 내쫓긴다. 논두렁 깡패들은 어딘가 촌스럽고 시대착오적이며 우스꽝스럽지만, 조직폭력배들은 현실적인 위력을 소유한다.[2] 이러한 상황에서만 가능한 웃음을 즐길 때, 웃고 있는 우리 자신은 은연중에 사업의 시대, 관리의 시대의 도래를 승인하고 있는 것이 아닌가. 우리는 논두렁 깡패들의 우스꽝스러움을 비웃어야 하는가, 저 자신이 사업과 관리의 원칙에 식민화되었으면서 몰락한 것들의 우스꽝스러움을 비웃는 우리 자신에 대해 웃어야 하는가. 이제 『왕을 찾아서』 '안'의 희극은 논두렁 깡패들의 활극을 희극화하는 텍스트 자체에 '대한' 희극으로 이행한다(이러한 이행 운동을 가장 선명하게 보여주는 것이, 우리가 함께 읽은 『호랑이를 봤다』이다. 이 점에 대해서는 조금 뒤에 다시 다루기로 하자).

텍스트 '안'의 희극에서 텍스트에 '대한' 희극으로의 이행 운동은 결국 우리 자신에 대해 웃게끔 하기 때문에, 성석제의 소

---

2) 조직폭력배와 깡패의 구분법에 대해서는 서영채, 「깡패, 웃음, 이야기의 윤리」, 『문학의 윤리』, 문학동네, 2005, 227~231쪽 참조.

설은 늘 어떤 슬픔을 함축하고, 심지어 이 슬픔이 웃음보다 결정적일 때가 많다. 『왕을 찾아서』의 사례를 계속해서 이어가자면, 원두는 한편으로 논두렁 깡패들의 신화와 실상을 대비시키며 웃음을 제공하지만, 논두렁 깡패들의 세계가 몰락해도 좋은가 오히려 거기에 시장의 법칙 바깥에 놓인 인간적인 것들이 포함되어 있지 않은가 묻고, 그것의 상실을 애도한다. 기본적으로 『왕을 찾아서』는 마사오의 장례식장을 찾아가는 원두의 이야기이다. 우리가 이 작품에서 어떤 문학적 체험의 순간을 겪는다면, 다시 말해서 이 작품의 심연을 발견하고 또 그 심연이 우리의 심연을 들여다보고 있다고 느끼는 순간이 있다면, 그것은 『왕을 찾아서』의 폭발적인 웃음이 분출하는 장면이 아니라 상실감에 뒤이은 묵직한 슬픔을 만나는 장면에서일 것이다. 이쯤 되면 성석제의 소설에 대한 표준적인 이해를 거부하고 그의 소설이 비극적이라고 주장해야 할 지경에 이른다.

2. 진정한 희극만이 비극적일 수 있다

확실히 성석제의 소설은 '비극적'이다. 성석제 소설의 '웃음'을 강조할 때 흔히 인용되는 『재미나는 인생』에는 「세상에서 가장 슬픈 눈사람」 같은 작품도 함께 수록되어 있는데, 보기에 따라서는 이쪽이 더 결정적일 수도 있다.

예컨대 이런 식. 비버를 잡는 기술을 터득하기 위해 모든 인생을 바쳤는데, 모든 인생을 바쳐버린 탓에 비버를 잡을 시간이 없다. 에스키모의 인생은 이와 같이 우스꽝스럽다. 그러나 보라. 그것은 '에스키모의' 인생이 아니다. 그것이 '인생'이다. 목적에 도달하기 위해 애쓰느라 오히려 목적에 이르는 결정적인 기회를 허무하게 탕진해버리고, 환한 어둠이 쌓인 숲을 향해 하릴없이 두 주먹을 쥐고 서 있는 눈사람은, 늙은 에스키모가 아니라 우리 자신이다. 어느 대목에서 웃어야 하는가? 어느 대목에서 슬퍼해야 하는가?

그러므로 우리는 성석제의 소설과 함께 희극에 대한 고전적인 이해 방식을 수정해야 한다. 성석제의 소설이 '희극'이라면, 희극은 우리보다 바보 같은 것들의 우스꽝스러움을 전시하여 우리를 웃게 만들어주는 것도 아니고, 고상한 척하는 것들의 하찮음을 끄집어내서 우스꽝스럽게 만드는 것도 아니다. 희극이 자신의 형식을 완성하는 순간은 그런 악마적인 웃음에 대해 웃으며 거절하는 순간이며, 그 순간 우리는 예기치 않은 어떤 슬픔과 만나게 된다. 그러므로 비극에 대한 사이먼 크리츨리의 견해에 약간의 변경을 가하며 이런 식으로 말할 수도 있다. '희극적인 것'은 너무나 악마적이기 때문에 진정한 '희극'이 되지 못한다. '비극적인 것'만이 진정한 희극이 될 수 있다. 반대로 '비극'은 희극이 아님에 의해서 비극적인 것에 이르지 못한다.[3] 비극은 희극적이고, 희극은 비극적이며, 성석제의 소설은 비극적 희극이다. 이것은 결코 말장난이 아니다.

만일 『왕을 찾아서』에서 마사오가 얼마나 고귀한 존재였는지에 대해서 '비극'의 문법으로 보여줬다면 『왕을 찾아서』는 그야말로 '희극적'이 되고 말았을 것이다. 몰락하는 것들을 숭고하고 존귀한 것으로, 영웅적인 것으로 만들어버리는 비극의 문법에는 지나치게 진지해서 오히려 조금은 우습게 느껴지는 모범생의 면모가 있다. 그러나 성석제의 소설이 영웅 서사시의 문법을 차용할 때에는 이 문법 자체가 과장된 것이고 우스운 것이라는 사실을 함께 표시하며(예컨대 「조동관 약전」은 이렇게 시작한다. "똥간의 본명은 동관이며 성은 조이다. 그럴싸한 자호(字號)가 있을 리 없고 이름난 조상도, 남긴 후손도 없다. 동관이란 이름이 똥깐으로 변한 데는 수다한 사연이 있어 한마디로 말할 수는 없다.") 영웅적인 것들의 실상을 폭로하면서(채동구의 바보 같은 모습과 영웅적으로 기록된 역사를 대조시키는 『인간의 힘』을 보라) 슬픔이 비극으로 굳어지지 못하게 막아둔다. 비극은 영웅적이고 숭고한 것들의 몰락을 애도하면서, 우리가 현세적인

---

3) 사이먼 크리츨리의 견해에 대해서는 테리 이글턴, 이형석 옮김, 『우리 시대의 비극론』, 경성대학교 출판부, 2006, 147~148쪽 참조.

것들을 가볍게 보아 넘기고 이상적인 것을 숭배하도록 이끈다. 혹은 그런 가치 있는 것들이 결코 현실화되지 않을 것이라고 지레 포기하며 냉소주의자가 되게 한다(이상주의와 냉소주의는 근원적인 수준에서는 서로 일치한다). 하지만 성석제식 희극, 비극적 희극은 모든 이상적인 것들에 약점이 있다는 사실을 보여주면서 생의 불완전성을 즐겁게 수용하게 만들어준다. 생의 불완전성을 장면화한다는 점에서 성석제의 소설은 '비극적'이고, 그것을 즐겁게 수용할 만한 장치들을 포함하고 있기 때문에 '희극'이 된다. 성석제 이래로 소설 속에 웃음의 도화선을 심어두는 소설가들이 여럿 등장하기는 했지만, 이 비극적 희극의 중심부에 도달한 작가는 성석제 이외에는 거의 없는 것 같다.

3. 작은 이야기들의 큐비즘

이제 『호랑이를 봤다』를 이야기하자. 소설의 내용은 간단하다. 물레방아가 있던 마을인 방아실 출신의 시골 청년이자, 맨손으로 호랑이를 잡은 장군 집안 후손의 막내아들 이용원이 장성하여 고향을 탈출, 상경한다. 잠깐 회사 생활을 하기도 했으나 오래 버티지 못하고 회사를 뛰쳐나와 개인 사업을 벌이지만, 사업을 벌이는 족족 형편없이 망한다.

이용원이 벌이는 사업은 망할 수밖에 없다. 그가 하는 짓이라고는 "쌍팔년도에나 통했을 사업"이요, "누가 먼저 해서 말아먹을 대로 말아먹은 것"이기 십상이기 때문이다. 그래놓고도 매번 사업을 시작할 때의 기개는 호기롭다. "야, 이번에는 정말 장난이 아냐. 지금 전국적으로 열화와 같은 성원이 답지하고 있다. 나도 놀랐어. 대한민국의 성인 남녀 모두가 내 고객이란 말이다. 최소한 2천만 명을 상대해야 하는데 내 몸은 하나지, 애들이라고 해야 제대로 하는 놈이 있냐. 네가 한 5백만 명만 맡아줘. 이번 사업이 잘되면 백억 줄게." 운운. 그를 두고 한 화자는 이렇게 말한다(이 작품의 화자는 최대 41명이다). "그런 사람들 하도 많이 봐서 지겹지도 않아라. 그런데 한 가지 신기한 건 있소. 그렇게 망하고도 자기 잘못으로 망했다는 사람은 없단 말이요. 그 사람은 특히 중증이요. 자그가 왜 망했는지 전혀 몰라." 도무지 세상물정 모르는 중증환자 이용원의 허무맹랑한 창업기이자 폐업기, 그리고 여기서 오는 포복절도가 『호랑이를 봤다』의 육체를 이루고 있다. 이 점만 놓고 보면, 이즈음 성석제의 소설이 '노름하는 인간', '술 마시는 인간', '소설 쓰는 인간'을 제목 혹은 부제로 달아놓은 것처럼(『홀림』) 여기에 '사업하는 인간'이나 '사업 말아먹는 인간' 정도의 부제를 달아볼 수도 있을 것 같다.

그러나 『호랑이를 봤다』는 그런 간단한 부제로 수렴되지 않는다. 중편 분량의 이 길지 않은 소설은, 의외로 복잡한 구조로 되어 있다. 여기에는 이 작품을 단순히 이용원의 창업즉시폐업기로 수렴되지 않게 하는 구조적 복잡성이 있고, 그러한 구조적 복잡성이 『호랑이를 봤다』의 핵심이며, 성석제 소설에서는 보기 드물게 예외적이고 실험적인 장치들이기도 하다. 이제 이 장치들의 기능에 대해서 이야기할 차례다.

『호랑이를 봤다』에는 액자식 구성이라고 할 만한 순환적 구조가 있다. 작품 내용의 대부분을 차지하고 있는 이용원의 창업즉시폐업기가 속 이야기이고, 이 속 이야기는 이용원의 친구이며 가장 빈번하게 등장하는 화자인 소설가 강현수가 장편(掌篇)소설을 쓰는 겉 이야기 안에 삽입된다. 정리하자면 이렇다. 소설가 강현수는 어느 날 여행에서 돌아와 우체통에 쌓여 있는 우편물을 발견한다. 그 가운데 이미 마감 날짜가 지났으나 한 줄도 쓰지 못했으며 심지어 원고료까지 미리 타서 다 써버린 원고의 청탁서를 보고 괴로워한다. 한편 우편물 중에는 '대한민국 대표 명사 인명록 대사전'에 강현수의 이름을 올리고자 하니 출간 비용으로 약간의 금액을 입금하라는 "누가 먼저 해서 말아먹을 대로 말아먹은" "쌍팔년도에나 통했을" 수작을 걸어온 편지도 있다. 알고 보니 한동안 잠잠하던 이용원이 새로운 사업을 벌인답시고 이런 편지를 보내온 것. 이 때문에 이용원에 대한 회상이 계속되고, 이용원 고향 마을의 전설도 생각난다. 마감 날짜가 지나버린 소설을 쓰기 위해 고심하던 강현수는 이 장군 이야기를 현대적으로 해석한 짤막한 소설 「호랑이를 본 장군」을 쓰게 된다. 강현수는 이 장편(掌篇)소설을 맨 뒤에 배치하고 「호랑이를 본 장군」을 쓰는 데 결정적인 에피소드를 제공한 이용원의 행적을 길게 서술한다. 결국 이렇게 해서 원고지 3백 매가량 되는 중편이 완성되는데, 그것이 앞에 나온 원고 청탁서가 요구한 중편소설이고, 우리가 읽고 있는『호랑이를 봤다』가 바로 그것이다.

이제 이야기는 매우 복잡해졌다.『호랑이를 봤다』는 희극적 인물 이용원에 대한 이야기인가 장군 전설에 대한 해석인가 그도 아니면 3백 매짜리 중편소설을 억지로 써야만 했던 '어느 시답잖은' 소설가의 장광설인가. 혹은 이렇게도 물을 수 있다.『호랑이를 봤다』는 성석제가 쓴 것인가 작품 속의 소설가 강현수가 쓴 것인가. 어떤 물음에도 쉽게 답할 수 없는 가운데『호랑이를 봤다』의 복잡성은 계속해서 심화된다. 우리가 애써 정리한 액자식 구성과 순환 구조라는 것도 기실은 대단히 불안하고 심지어 가능한 하나의 해석에 불과할 지도 모른다.『호랑이를 봤다』는 모두 마흔한 개의 에피소드로 이루어져 있는데, 각 에피소드의 화자는 모두 제각각이며 서로 다른 증언을 늘어놓고 있어서, '어느 시답잖은 소설가' 가 물레방아가 있던 마을로 친구를 찾아 간 '아무도 쫓아오지 않는데 저 혼자 쫓겨 다닌 청년' 인지 또 그가 나중에 '어느 콘드로이틴 전문가' 가 되는 것인지 확정할 수 없게 되어 있다. 물론 하나의 완결된 이야기를 원하는 독자들은 약간의 주의를 기울이며 공통적인 사실들을 확인하는 작업을 거친 뒤에 여러 이름으로 흩어져 있는 인물들이 강현수라고 주장할 수는 있겠지만 이러한 주장을 승인할 만한 결정적인 표지는 모두 제거되어 있다. 이용원의 경우도 동일하다. 또한 이용원과 강현수를 중심으로 한 커다란 이야기를 억지로 구성해보더라도 이 안으로는 좀처럼 들어오려 하지 않는 에피소드들이 존재한다 (예컨대, '잘나가는 장사 컨설턴트 박대통 소장의 이야기', '다큐멘터리 〈샹그릴라는 있는가〉의 내레이터의 이야기', '구멍가게를 하다가 부도를 낸 여자의 이야기'). 마흔한 개의 에피소드들은 각각의 독립성을 주장하기 때문에, 결국 『호랑이를 봤다』는 대단히 유동적인 텍스트로 남아 하나의 매끄러운 서사로 완결되는 것을 거부한다. 그것은 마치 하나의 상식적인 형상이 완결되는 것을 거부하는, 다양한 시점의 이미지들을 병치해놓은 큐비즘 회화처럼 보인다.

이 큐비즘적 파편성은, 우리가 『호랑이를 봤다』를 이용원에 대한 하나의 희극적인 이야기로 읽는 것을 완전히 거부한다. 또한 이 큐비즘적 유동성은 '세상물정 모르는 바보 같은 이용원/이용원보다 높은 곳에서 그의 우스꽝스러움을 알아보는 독자'의 안정적인 지위를 뒤흔든다. '세상물정 모르는'의 수식어는 한 인물에게 머무르지 않고 흘러넘쳐 떠다니고 다른 인물이나 심지어 독자에게까지 이어진다. 이러한 장치들은 우리가 『호랑이를 봤다』'안'의 희극을 읽어내는 데에만 멈추지 못하게 하고, 어쩌면 생의 형상에 대한 비유가 될 수도 있을『호랑이를 봤다』의 구조 전체에 '대한' 희극을 읽어내도록 강제한다. 이제 우리는 이 용원의 한심한 짓들에 대해 웃기를 멈추고, 우리 자신에 대해서 또 생의 구조에 대해서 생각하게 된다. 단, 그것은 고결하고 숭고한 것들을 장엄하게 이상화하는 비극의 방식이 아니라, 한심한 짓들로 가득한 불완전한 생을 즐겁게 수용할 수 있게 만드는 희극의 방식으로 이루어진다.

4. 데굴데굴 인간학

이 점에서 우리는 마흔한번째 에피소드「호랑이를 본 장군」에 다소 특별한 지위를 부여해야 할 것 같다.「호랑이를 본 장군」이라는 하나의 인간학적 성찰을 담고 있는 장편(掌篇)소설은 앞에서 나열된 마흔 개의 에피소드들과 희미한 연관을 갖고 있다는 점에서 큐비즘적 파편들을 되돌아보게 하고 각각의 의미망에 간섭하기 때문이다. 다시 말해서 이 에피소드는 텍스트 '안'의 희극에서 텍스트에 '대한' 희극으로의 이행을 가장 두드러지게 또 전면적으로 실행한다.[4]

본래 방아실에 내려오는 이야기는 이런 것이다. 나중에 장군

으로 불릴 한 사내가 산 너머 사는 처자가 보고 싶어져서 산을
넘다가 갑자기 똥이 마려워졌다. 똥을 누는데 웬 짐승이 꼬리를
치면서 장난을 걸어오기에 그 꼬리를 잡아채 나무 위에 걸어놓
았는데 알고 보니 그 짐승이 호랑이였던 것이다. 그래서 이 사
내는 괴력을 인정받아 장군으로 불리게 됐다. 그러나 강현수가
나중에 고쳐 쓴 「호랑이를 본 장군」에서는 사정이 좀 다르다. 한
나그네가 사랑에 눈이 멀었다. 그래서 그는 주어진 삶을 버리고
자신의 운명을 스스로 개척하고자 길을 나섰으니, 사람을 초월
한 경지에 오른 셈이다. 그러나 산에서 길을 잃은 지 오래되니
생명을 유지해야겠다는 평범한 본능이 되살아날 수밖에 없고,
그래서 "사람이 사람을 초월한 경지에서 사람으로 건너오는 경
계선에 서는 순간"을 체험하게 된다. 그는 사랑하는 여자를 만
나기 위해서는 모든 것을 포기할 준비가 되어 있다고 생각했지
만 배가 고프고 목이 마르며 잠이 쏟아지는 것은 어떻게 할 도
리가 없는 것이다. 그즈음 나그네는 호랑이가 자신을 노리고 있

---

4) 한 가지 덧붙일 것은 호랑이를 보고 놀라 도망치는 이 에피소드는 그간의 성석제
소설에서 여러 차례 반복되었으며 소설가 성석제가 실제로 체험한 사건을 소설적으
로 가공한 것이라는 점이다. 이 에피소드는 『호랑이를 봤다』 이전에 자전소설 「홀
림」, 「홀림」과 함께 수록된 황인숙과의 인터뷰, 그리고 산문집 『위대한 거짓말』에서
반복해서 언급되었으며, 나중에 『도망자 이치도(순정)』에서는 '개호주'라는 신화적
동물로 재등장하기도 한다. 이러한 반복성이 성석제 소설에서의 이 호랑이 에피소
드의 중요성을 방증하는 것이리라.

다는 사실을 직감하고 잔뜩 겁에 질렸으나 이내 웃음을 터뜨리고 만다. "아무것도 아냐, 아무것도 아니라구. 난 내 존재보다 더 강렬한 사랑에 빠졌던 바보 같은 사내라네. 지금 죽음을 찾아 길을 가는 게 아닌가. 그러면서 무엇을 두려워하는가." 그러나 호탕하게 웃어봐도, 그는 이미 스스로의 존재보다 강렬한 존재가 된 순간으로부터 보통의 존재로 굴러떨어지고 있는 중이다. 그래서 호랑이의 노호(怒號)가 울리자 마구 내달려 도망치다가 거의 구르다시피 해서 산을 내려오게 된다.

이것이 인간이라고, 성석제의 인간학은 말한다. 우리는 평범하고 지루한 인생을 참을 수 없어하고 우리 자신보다 강렬한 존재가 되고 싶어하지만, 그런 의지 또한 인간적이긴 하지만, 그 의지가 물질화되어 우리를 영웅으로 만들어주지는 않는다. 우리가 인간인 한 평범하고 지루한 인생에서 우리는 완전히 벗어날 수 없다. 초월하려는 것도 인간이고 결국 세속으로 돌아오고야 마는 것도 인간이다. 성석제는 초월의 영역에서 세속으로 데굴데굴 굴러떨어지고 있는 저 나그네야말로 인간의 형상이라고 말하고 있는 듯하다. 신성한 숲의 임금이며 심오한 진리를 감추고 있는 호랑이를 본다는 것은 인간 존재의 근원적 형상, 데굴데굴 굴러떨어지는 인간의 형상을 체험하는 계기이다. 다시 이용원의 모습으로 돌아가본다면 끊임없이 실패하면서도 평범한 인생에 만족하지 못하고 '돌아버리겠다'고 중얼거리며 다시 사업을 시작하고 다시 굴러떨어지는 이용원이 이 데굴데굴 인간학의 현대적 모델이다. 이용원은 호랑이를 본 저 나그네의 후손이 아니었던가.

이 데굴데굴 인간학은 슬프게도 우리가 저 고귀하고 숭고한 영역을 완전히 소유할 수 없다는 사실을 받아들이라고 권유한다. 그리고 동시에 고귀하고 숭고한 것들을 이상화하는 비극과 죽음에 육박하는 장엄함으로 우리 평범한 사람들에게 겁을 주는 비극의 경건주의에 대해 웃게 만든다. 그것은 헛된 비극의 높이로부터 그 아래 놓인 인간의 영역으로 내려가는 길을 알려주는 것이기도 하다. 그 길은 '데굴데굴'의 희극으로 닦여져 있다. 비극의 수준 이하로 굴러떨어지는 이 '데굴데굴'의 리듬이 우리의 마음 한구석을 훑고 지나갔다면, 그렇게 해서 비극적인 희극의 순간에 슬퍼해야 할지 웃어야 할지 조금 망설여졌다면, 우리들도 호랑이를 본 셈이다. 그렇게 해서 우리는, 호랑이를 봤다.

자네, 호랭이를 봤구만

인생은 지루하다. 달라지려고 해도 달라지려는 것 자체가 평범한 게 되고 말며 게다가 그게 힘들기까지 하다. 그런데도 '내일은 내일의 태양이 뜬다' 같은 동네 장기 같은 훈수라든가, '소년은 어제와 오늘이 다를 것이라고 생각하며 살았답니다' 같은 딴 세상에서나 통하는 위안, '진주는 조개의 아픔 속에 태어난다' 같은 전통 있는 가짜 사탕이 여전히 극성을 부리고 있다.

심심하고 평범하며 한심한 가짜투성이와 부딪치고 맞닥뜨리는 삶의 행로이지만 어느 구석에, 그래, 네 인생이 바로 '그것'이라는, 나아가 '그것'이 바로 인생이라는 존재의 오의(奧義), 삶의 비의(秘義)가 입을 굳게 다물고 있지는 않을까. 가까이 가게 되면 입을 쩌어억 벌리며 어훙, 소리치는 건 아닌지. 돌고 돌다보면 언젠가는 '그것'을 만날 것이다. 그 순간이 호랑이처럼 나를 잡아먹는다 하더라도 좋다. 그런 생각이 이 소설을 시작하게 만들었다.

소설은 재미있든(보는 입장에서) 즐겁든(쓰는 입장에서) 슬프든(공감한다는 측면에서) 아름답든 끝이 있다. 끝이 있다는 것을 느끼게 되면 언제나 힘이 빠져나간다. 이번에는 어떻게 헤어지나. 어떻게 모질게 끝장을 내주나. 그리고 약간 슬퍼지면서 벌써 아득히 멀어져간 친구를 안경을 벗고 바라보는 느낌이 든다. 이런 느낌은 혼자만 가지고 있어야 할지도 모르는데 이번에는 그런 티를 내고 말았다. 그렇게 이 소설은 끝났다.

후련하다.

1999년 5월

성석제

한마디 덧붙여

10년 전의 나는 오늘의 나다. 그럼에도 그립다.

2011년 2월

성석제

문학동네 소설

호랑이를 봤다

ⓒ 성석제 2011

초판 인쇄 │ 2011년 2월 15일
초판 발행 │ 2011년 2월 25일

지은이 성석제
펴낸이 강병선
책임편집 성혜현 | 편집 김민정 김고은
디자인 엄혜리 유현아 | 마케팅 신정민 서유경 정소영 강병주
온라인 마케팅 이상혁 한민아 정진아
제작 안정숙 서동관 정구현 김애진 | 제작처 한일프린테크(인쇄) 시아북바인딩(제본)

펴낸곳 (주)문학동네
출판등록 1993년 10월 22일 제406-2003-000045호
주소 413-756 경기도 파주시 교하읍 문발리 파주출판도시 513-8
전자우편 editor@munhak.com | 대표전화 031)955-8888 | 팩스 031)955-8855
문의전화 031) 955-8890(마케팅) 031) 955-2678(편집)
문학동네카페 http://cafe.naver.com/mhdn

ISBN 978-89-546-1305-7 03810

www.munhak.com